LE ROMAN DE JEAN

ISBN : 978-2-492239-04-5
Dépôt légal : avril 2023

FRÉDÉRIC BRUN

LE ROMAN DE JEAN

POESIS

À Véronique, Julien et Hugo
À tous ceux qui ont croisé ton chemin
Et à tous ceux qui vont le découvrir

Monte, monte mon âme
C'est tout là-haut qu'est ton séjour
Cependant que ma chair grossière
S'écroule ici-bas pour mourir.

William Shakespeare

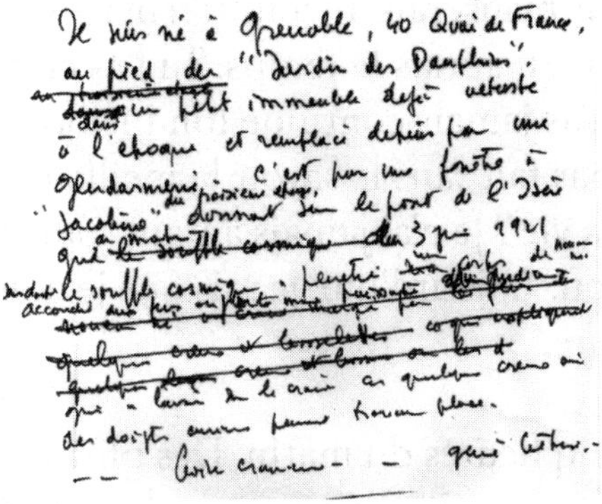

« *Je suis né le 3 juin 1921, à Grenoble, dans une maison qui n'existe plus. Elle était située à l'entrée de la ville, quai de France, en face de l'ancien pont, au pied du Jardin des Dauphins. Il y a quelques années, elle a été rasée, et aujourd'hui à sa place on peut voir un trottoir, des pelouses, et un parking de la police de la route. On m'a offert récemment la reproduction d'une gravure ancienne qui représente ce coin de Grenoble en 1779…* » Ce brouillon, tu l'as recommencé plusieurs fois avec quelques variantes. J'en ai retrouvé trois ou quatre. Sur une autre feuille, je lis également : « *Et voilà le livre qui devait être écrit pour que mon fils sache.* » Tu as donc écrit le premier paragraphe et la dernière ligne de tes Mémoires. Entre les deux, des notes diverses, triées à peine. Tu disais souvent que tu commencerais un jour ton livre de souvenirs lorsque tu en aurais le temps. Tu l'as eu ce temps, mais tu n'as jamais continué ton introduction. Ne m'as-tu pas fait sans le savoir la meilleure plaisanterie de ta vie ? Je n'ai jamais autant souri depuis ta disparition. Aujourd'hui, je sais que je dois l'écrire, ton histoire.

Il est cinq heures du matin. Des phrases arrivent dans mon esprit sans que je les commande. Véronique, ma femme, et les petits dorment. Il faut que je retrace ta route enchantée, ta « *yellow brick road* ». Elle est trop belle pour rester dans ma tête. Ta vie est un roman. Mais par où commencer ? J'ai l'impression de bien connaître ton parcours, mais tu ne m'en as pas raconté tous les détails. Je ne pourrais en faire qu'une description incomplète ; tu devais avoir tant de souvenirs. J'écrirai ta biographie à ma manière.

En bas de ton brouillon est écrit : « *Reprendre les événements par ordre chronologique en évitant les flash-back.* » Je vais faire exactement le contraire. Je ne vais pas procéder ainsi. Seuls les rappels, les analogies, les réminiscences m'intéressent.

Je ne vais pas remonter le temps, parcourir les lieux de ton enfance, interroger ceux qui t'ont connu. D'ailleurs, hélas, beaucoup ont disparu. Je vais me contenter de bribes, de quelques pages raturées, de phrases éparses, de souvenirs sous forme de départs. Tu les as laissés sur des papiers de toutes sortes, pelure, machine, cartonné. Tu trouvais des titres de chapitres, élaborais des plans pour ce livre que tu n'as jamais écrit. Malheureusement, le plus souvent, ton écriture est illisible. Tu jetais l'encre à folle allure. Lorsque je parle de bribes, je me trompe, en fait. Je me rends compte peu à peu que je dispose bel et bien d'un trésor. Tu m'as laissé une revue de presse classée par années, des courriers, des manuscrits de chansons, ta discothèque entière retraçant soixante ans de carrière. Aucun écrivain ne pourrait résister devant autant d'informations enfermées dans une armoire.

Je déambule dans l'aéroport d'Athènes. Il me semble vide, immense. Je n'arrive pas à parler à l'hôtesse derrière le guichet. Véronique demande deux billets pour le premier avion. Il est complet. Je la supplie de trouver une solution. Je veux le prendre cet avion. Je ne peux pas rester une heure de plus ici. Il faut que je me rapproche de toi, même si tu n'es déjà plus de ce monde. Je pleure pendant le vol, le regard tourné vers le hublot. Les nuages semblent indifférents ; le ciel, lui, est d'un bleu riant. Véronique me tient dans ses bras. Depuis des mois, des années même, elle me protège. Dans mon esprit, ta mort me semble effroyable. Te voilà dans des souterrains, froids, noirs, où la lumière du soleil n'existe plus.

Une fois arrivé à Paris, je ressens une chaleur étouffante. Le thermomètre a dépassé les quarante degrés. Un voile sombre, une chaleur tenace, une poussière épaisse se mêlent à ma tristesse. Dans ma voiture, je mets France Info. Toutes les trente minutes passe en boucle : « *Il avait fait chanter… Jean Dréjac s'est éteint aujourd'hui à l'âge de quatre-vingt-deux ans…* » Rentré chez moi, je vois le présentateur d'un journal télévisé qui te connaît à peine annoncer cette nouvelle comme une autre. Je change de chaîne et je vois des séquences qui ne te ressemblent pas, où l'on te voit chanter *Ah ! le petit vin blanc*, dans un décor sans élégance, avec un air un peu démodé. J'éteins tout.

Un commissaire de police m'appelle sur mon portable. Tu es mort seul chez toi. Il fait une enquête de routine. « Il y a une chambre vide au fond de l'appartement, votre père habitait-il avec quelqu'un ? — Non, c'était son bureau. » J'aurais pu lui dire : « Ce bureau, c'était ma chambre d'enfant, là où il venait m'embrasser avant de m'endormir, là où j'ai eu mes premiers jouets, où j'ai imaginé un court de tennis et envoyé la balle pendant des heures sur un mur, là où j'ai fait mes premiers devoirs, écouté mes premiers disques. » J'ai préféré lui répondre : « C'était son bureau. » C'était plus simple. À l'intérieur, soixante ans d'archives. Celles que je dépouille aujourd'hui.

Ce qui rend tristes les hommes, c'est l'idée qu'ils se font de la mort, alors qu'elle n'a rien de redoutable. Je réfléchis à cette pensée du philosophe Épictète. Il a raison. L'existence t'a offert de grandes joies. Tu as eu une belle et relativement longue vie. Pourquoi tant de larmes ?

Au moment même où je pense à ces phrases, Julien arrive dans mon lit, sautillant, les bras en croix, explosant de joie. Il va avoir sept ans. Hugo, son petit frère, le suit de près, le visage plein de lumière, avec ses yeux d'un bleu inouï. Et pourtant, entre la Grèce et la France, je suis bien loin de cette sentence. Zeus a séparé définitivement le monde des morts, le royaume d'Hadès, de celui des vivants. Comme pour cette sculpture, une lance de mélancolie frôle mon esprit. Athéna, l'immortelle, semble attirée par une stèle. Cette déesse de pierre, solitaire, cherche-t-elle à percer le secret de la mort ? Cette nostalgie qui s'empare de mon âme existait déjà dans l'Antiquité. Il n'y a là rien de nouveau. Tu sais, comment te dire, ce vol entre Athènes et Paris a été si long, interminable.

Tu es baptisé à l'église Saint-André. Tu passes ton enfance à la campagne, à Voreppe, dans la banlieue de Grenoble. Tu changes d'école régulièrement et, paraît-il, tu apprends vite et sans effort. En revanche, tu dis faire partie des premiers de ta classe au début de l'année, mais avoues te retrouver dans les derniers à la fin. Sur une autre feuille, je peux lire : « *Je devais avoir environ huit ans. J'avais tant rêvé de chemises à poches, de manches retroussées, de chapeaux plats, de ceintures à boucle, d'insignes et de poignards. Je voulais être scout. J'étais trop jeune et donc on m'accepta comme louveteau. Le bleu marine me plaisait moins que le kaki, le béret me déçut, mais le foulard rouge et bleu et les étoiles me consolèrent. Nous allions en promenade, ou en excursion, dans des lieux assez vastes pour qu'avec un peu d'imagination j'en fasse un Far West ou un Eldorado…* » Ces points de suspension laissent place à l'imagination. Pour l'instant, je ne découvre rien d'extraordinaire.

Tu as aimé ces moments, seul au grand air. Tu ne t'ennuyais jamais, bien au contraire. Tu as toujours gardé ce côté solitaire, à l'écart des bandes ou des familles.

Sur une feuille intitulée « Chapitres au hasard », il y a des titres qui restent un mystère, comme celui-ci : « Au soleil de Marseille ». En revanche, « Le Vol du vélo », tu m'en avais parlé. Tu l'avais laissé devant un grand magasin, on te l'avait bien sûr dérobé. Je ne suis pas certain que le lecteur s'intéresse beaucoup à ce détail qui t'a fait pleurer. « La Balade en huit chevaux », je m'en souviens également. Tu avais fait une escapade jusque dans le Midi avec quelques joyeux garnements en empruntant une voiture, le tout sans permis, bien évidemment. Ce nom de chapitre aussi ne mérite aucun développement, je crois. « La Première Fois », voilà un titre un peu plus grivois. Apparemment, elle a eu lieu dans une suite d'hôtel à Montparnasse. Comment cela s'est-il déroulé ? De toute façon, je préfère ne pas savoir. Finalement, tu n'es devenu ni berger ni moine, tu as voulu te lancer dans le music-hall.

Je fais les cent pas avenue Montaigne. Les passants n'ont pas changé. Ils sont toujours affairés. Je ne peux pas assister au départ de ton corps. Il est abîmé. Je suis trop sensible pour cette vision. J'appelle ton ami Michel Legrand pour lui apprendre la triste nouvelle. Véronique est restée près de la porte pour contrôler les opérations. Un jeune brancardier est arrivé. Il a vingt ans à peine. Il est venu te prendre pour t'emmener à l'Institut médico-légal. Lorsque je dis « te prendre », je veux dire prendre ton corps, que les Grecs appellent le *sôma*, notre vaisseau physique. Il y a plusieurs heures déjà que ton *sôma* est séparé de ton âme. Notre corps ne vaut plus grand-chose, très rapidement. Il nous révèle tous un jour ses limites. J'en ai l'amère preuve aujourd'hui. Je l'admire, ce jeune ambulancier. S'occuper de toi ainsi, lui qui ne te connaît pas, qui ne sait rien de ton destin étonnant. Il te porte, anonyme.

Comment pourrais-je rester en lien avec toi ? En m'adressant au *noûs*, ce terme magique créé par Anaxagore, qui représente l'âme du monde, l'esprit de l'univers, l'intelligence, cette force qui ordonne toute chose ? Ce *noûs*, tu en parles justement toi-même, à ta manière, dans l'une de tes notes que je viens de retrouver : « *Petite parcelle d'intelligence éternelle dans un bout de limon d'un monde incroyable tournant dans l'univers sans fin. Tel est l'homme que je suis. Que nous sommes. Un bout de limon qui a sa propre ordination autonome, sa propre conscience, son âme, cette fraction de la grande intelligence mystérieuse dont parfois un vague éclat semble nous effleurer.* »

Anaxagore a peut-être été le premier à évoquer le concept de l'infini. Malgré mon ignorance, face à cette notion si moderne cinq cents ans avant Jésus-Christ, je tente de comprendre son regard. On disait que : « Le ciel était sa patrie et la contemplation des astres sa mission. » Il n'y a ni naissance ni disparition. Il n'y a que des métamorphoses et des associations. Si je veux tenter de me rapprocher un peu de ton âme, il va falloir apprendre à voir ce monde qui m'entoure autrement.

Le brouillon d'une biographie pour les disques Philips m'offre davantage de précisions sur la fin de ton adolescence. À seize ans, tu es tour à tour marionnettiste dans un théâtre de Guignol, caricaturiste, et tu assistes aussi à ta première opérette. C'est à ce moment-là que tu choisis ton métier. Tu entres dans une troupe amateur et tu te fabriques un pseudonyme avec tes trois prénoms, Jean, André, Jacques : Jean Dréjac. Tu débutes en entonnant *Y a d'la joie* et *La Polka du roi*, deux succès de Charles Trenet. Dans une arrière-boutique, tu as entendu sa voix à la radio. Après Mireille et Jean Nohain, qui ont amorcé la révolution du music-hall, ce jeune chanteur que l'on a vite surnommé le « fou chantant » devient une immense vedette, éclate comme une bombe de joie, de rythmes, de mélodies, et fait descendre la poésie dans la rue. C'est là qu'elle te cueille au passage avec quelques autres, et, sans des chansons comme *Fleur bleue* ou *Pigeon vole*, tu n'aurais peut-être pas eu envie d'écrire les tiennes. Tu aimes te maquiller, pour faire « artiste », et tu inventes tes premières paroles.

Après quelques petits succès régionaux, ta mère accepte de t'accompagner à Paris à la seule condition que tu reviennes à Grenoble lorsque tu auras dépensé tes économies, mille cinq cents francs de 1938. Vous voyagez de nuit dans un compartiment de troisième classe dont vous êtes les seuls occupants, mais j'apprends qu'à Lyon est monté un voyageur de commerce quadragénaire, rond et bavard, dont vous connaissez déjà la vie entière en gare de Dijon. Il veut te tirer les vers du nez, découvrir les raisons de ton déplacement. Tu lui réponds que tu vas à Paris pour essayer d'y prendre pied, sans donner trop de détails. Il te fait le tableau des dangers les plus noirs qui menacent un jeune homme dans une grande ville. Ta mère a déjà les cheveux gris, car elle t'a eu à quarante-huit ans. Elle opine dans son coin, avec son sac posé sur ses cuisses et son chignon traversé d'une épingle. Ton père t'a exprimé ses craintes, mais il a cédé devant ta détermination. Il t'aurait bien vu avocat, ou gantier, comme lui. Ta décision l'a déçu, mais personne n'aurait pu te faire reculer. « *C'était un peu pour moi comme traverser un mur* », diras-tu un jour à un journaliste. Ta seule tristesse a été de voir ta tante éclater en sanglots : « Je ne te reverrai jamais ! » se lamentait-elle. En effet, tu ne l'as jamais revue, elle que tu décris comme une sainte et qui t'a en grande partie élevé. C'était complètement extravagant en ce temps-là de se lancer dans un tel métier. Aujourd'hui, n'importe quel adolescent veut chanter. Ce désir est devenu une banalité. Il s'agit rarement d'une réelle vocation. À l'époque, monter sur les planches était d'une audace folle.

Avec ce résumé du déroulement de tes premières années, j'apprends que tu es déçu à ton arrivée dans ce Paname dont tu as tant rêvé. Tu n'avais jusqu'alors posé ton regard que sur des montagnes. Tout te paraît sale lorsque ton train traverse la banlieue, avec ses usines et ses cheminées. La gare de Lyon en revanche te semble gigantesque. Tu marques un temps d'arrêt devant l'impressionnante tour de l'horloge. Puis tu sors de ta poche un calepin où est inscrit « *Petit Casino, boulevard Montmartre* » et demandes à un agent la direction à prendre. Il te répond, pressé, en te montrant l'entrée du métro : « Changez à Bastille, et descendez à Rue Montmartre ! »

Sur une autre feuille, je découvre encore un fragment de ton livre fantôme : « *Je débarque à Paris par un matin ensoleillé de 1938, bien décidé à ne faire qu'une bouchée de la capitale. J'avais dix-sept ans depuis le mois de juin et je portais un costume en laine peignée à chevrons noirs et roux, avec des plis dans le dos et des poches à soufflets, acheté au-dessus de mes moyens chez l'un des meilleurs tailleurs de Grenoble. C'était à peu près toute ma fortune, avec une paire de chaussures en bon cuir qui grinçait un peu, un chapeau mou noisette rejeté en arrière et une valise en simili croco contenant mon costume de scène, un superbe habit blanc, aux revers moirés, un haut-de-forme assorti, une chemise bleu marine, un nœud papillon blanc, des souliers vernis, des partitions déjà surchargées de notes diverses…* »

Tu découvres les lumières des boulevards et auditionnes dans ce Petit Casino. Tu fréquentes le faubourg Saint-Martin où des artistes viennent chercher des engagements de dernière heure. Depuis le début de ce chapitre, je suis en train de reproduire intégralement tes phrases avec l'intime conviction que nous écrivons ce livre à quatre mains. J'ai simplement changé ton « je » en « tu ». On t'indique un café du boulevard de Clichy où les artistes se produisent gratuitement mais font la quête après leur tour de chant. Tu retrouves ta mère, les poches pleines d'argent, en prétendant que tu as gagné ces pièces au cours de galas éclatants. Pour profiter un peu de ton butin, tu te promènes autour de la place Pigalle. On t'aborde en te proposant d'assister à des séances de cinéma d'un genre un peu osé. Tu te laisses tenter et, après coup, tu t'en veux un peu. Pour avoir ton nom dans un programme, en devanture, tu acceptes de chanter gratuitement aux Folies-Belleville en lever de rideau. Je ne me trompe pas. Tout cela est écrit de ta propre plume. Dans ton costume flambant neuf, tu fais un *one-man-show* avec quelques chansons du grand Maurice Chevalier et des blagues marseillaises ; avec elles, tu faisais un tabac à Grenoble. Tu as dû vite changer de complet et supprimer les blagues. Tu trouves d'ailleurs que ton tour de chant est d'assez mauvais goût. Tu l'améliores, et désormais tu casses la baraque, le public ne veut pas te laisser partir. Un régisseur nommé Auguste t'engage pour plusieurs mois. Avec une chanson de Paul Misraki, *Si le nez de Cléopâtre*, tu gagnes à Radio-Cité un contrat de cinq semaines pour te produire dans les cinémas patronnés par cette radio. Un ami te conseille d'aller te présenter à un responsable de la UFA. Il cherche un jeune garçon pour jouer le fils du marchand de bicyclettes dans *L'Héritier des Mondésir*, un film avec Fernandel. Le film est tourné aux studios de Babelsberg, près de Berlin. Tu es choisi et, là-bas, pour une réplique qui dure trois secondes à peine, on te loge dans un palace. On te paie royalement pour une semaine entière. Des années après, tu en souris encore. La réplique, c'était : « *Qu'est-ce que cela veut dire, le coup de la clé ?* » Je crois qu'il s'agit de ton unique apparition sur le grand écran. Pourtant, pour cette phrase, tu as eu le droit à sept jours de tournage payés, de résider dans un palais avec un défraiement digne des plus grandes stars du cinéma d'avant-guerre. La grande vie pour le petit Grenoblois ébloui !

De retour à Paris, tu composes un tour de chant aux timides aspirations personnelles. Je te cite toujours mot pour mot. Tu repasses au Petit Casino. C'est un fiasco. Auguste lève les bras au ciel et te demande de reprendre ton ancien répertoire. La guerre est déclarée. Les music-halls ne ferment pas tout de suite et tu es engagé dans une nouvelle revue. Tu joues le rôle d'Adam ! Heureusement, tu ne chantes pas nu sur scène ! Petit à petit, ton talent se fait connaître. Tu passes au Concert Mayol. Sur un contrat, je retrouve les conditions de ton engagement. La première clause précise que tu es la vedette du spectacle. La seconde, que ton nom sera deux fois plus gros que celui des autres artistes. Tu veux de la publicité. Tu demandes ton portrait sur la façade du music-hall, deux cent cinquante posters avec ta frimousse dans le métro (la meilleure communication de l'époque, précises-tu entre parenthèses !). À ta grande surprise, tes exigences sont acceptées. Tu es parvenu en haut de l'affiche, même s'il ne s'agit là que de scènes de quartier. Les théâtres sont souvent complets à l'époque. Les Parisiens viennent se réchauffer dans les salles de spectacle afin d'oublier un peu cette période difficile. Les revues sont distrayantes ; elles enchaînent gaiement et rapidement des tableaux chantés, le plus souvent accompagnés par un orchestre, des danseurs, et surtout des danseuses entraînantes et plutôt dévêtues. L'originalité de ces revues parisiennes est connue dans le monde entier. Je tombe sur une coupure de presse. Dans une rubrique, on parle de la revue *Nus en fleurs* à laquelle tu participes. Ton tour de chant est composé de chansons personnelles, écrites sur des musiques de Charles Borel-Clerc, le compositeur réputé qui a écrit quelques succès de Chevalier, dont *Ma pomme*, mais aussi ceux du comique-troupier Félix Mayol qui a donné son nom à cette salle de spectacle où tu vas te produire. Tu étais allé le solliciter, au passage de l'Industrie, entre les rues du Faubourg-Saint-Martin et du Faubourg-Saint-Denis, quartier où se situaient la plupart des maisons d'éditions musicales. Les auteurs et les compositeurs pouvaient ainsi passer facilement de l'une à l'autre, et écrivaient même leurs chansons sur place grâce à des pianos mis à leur disposition. Tes textes désormais mis en musique sont entrecoupés de sketches. D'un trait rouge, tu as entouré cette première critique te concernant : « *Dréjac, dont l'imitation de Maurice Chevalier est adroite, chante des textes de lui-même. Il a vraiment un tempérament. On y trouve une poésie et une fraîcheur de sentiments étonnantes.* » Ce journaliste t'a donné confiance. Tu as le sens des planches et des chansons qui font mouche. Ce que tu racontes après devient illisible. C'est étrange, j'ai l'impression que nous écrivons ce livre ensemble, comme si cela avait été prévu, programmé depuis longtemps. Je n'ai jamais ressenti une telle communion d'esprit depuis que tu es parti. Quand tu étais là, nous étions si proches que l'ambiance entre nous était électrique. Combien de fois nous sommes-nous querellés ? Désormais, il y a entre toi et moi un silence qui empêche toute dispute. C'était un peu stupide, toutes nos prises de bec, tu ne trouves pas ? Je vais imprimer ces pages et les corriger avec ton vieux stylo Waterman. J'ai oublié de te dire qu'Hugo a joué avec et a un peu tordu la plume. Mais ne t'inquiète pas, elle dessine toujours de belles lettres.

En juin 1940, pendant l'exode, tu descends à Biarritz. Tu manques de te noyer dans ce qu'on appelle, là-bas, une baïne. Ton destin aurait pu s'arrêter là. Tu remontes à Paris. Lorsque je regarde tes photos d'artiste de l'époque, je trouve qu'il y a un contraste absolu entre ces temps de guerre et ta mine réjouie. Cela m'impressionne que tu aies pu garder un tel espoir dans ces années noires. Tu as certainement voulu imiter ton modèle, Chevalier et son légendaire canotier, quand tu as posé avec ton chapeau incliné vers l'avant pour cette photographie. Tu n'avais pas un sou en poche, pas une pièce pour dîner, mais ton sourire, ton regard plein de gaieté semblent indestructibles. Attiré aussi par le théâtre, tu t'inscris au cours Simon. Tu admires Musset, dévores toute l'œuvre de Shakespeare tout en continuant ta carrière au music-hall. On te propose de passer au théâtre des Optimistes en double vedette avec la grande Damia. C'est assez surprenant que tu aies pu partager aussi vite l'affiche avec cette grande vedette de l'entre-deux-guerres, véritable icône, célébrité au style si singulier, qui apparaissait sur scène toute vêtue de noir, devant un rideau, noir également, en maintenant croisés ses bras sur sa poitrine. Tu penses que, cette fois-ci, ta carrière est lancée, mais on demande au directeur du Concert Mayol ce que fait là ce jeune homme de vingt ans. Tu dois commencer à te faire discret. Réfractaire au STO, le travail obligatoire en Allemagne, tu te caches avec la complicité d'un hôtelier de la place Voltaire. Le patron généreux te nourrit sans exiger de tickets d'alimentation. Isolé dans ta chambre, tu travailles à tes premiers couplets.

Sur la feuille *Chapitres au hasard*, je lis des titres comme « Bagarre dans le métro », « Bagarre au Casanova ». C'est la troisième bagarre que tu cites.

Lorsque tu avais trop bu, tu devais t'embrouiller à la sortie des bars. Tu ne m'en as jamais parlé. Tu avais vingt-cinq ans. Ces rixes te correspondent mal, je trouve. Je t'ai connu autrement. Tu es né sous le signe des Gémeaux. Il y a deux êtres en toi : l'un, légèrement ange ; l'autre, plus brutal ! Je crois savoir que c'est à ce moment-là que tu as envisagé de te lancer dans la fabrication de milliers de paquets de cigarettes. Le tabac trop rare était remplacé par du trèfle acheté au marché aux puces, le tout présenté dans un emballage rouge et blanc sous la marque Frisco. Tu les fabriques de manière artisanale avec, je crois, un certain Bouboule. Mais ton commerce périclite. Tu ne parviens pas à vendre un seul paquet et ton tabac utopique est finalement racheté par un marchand de farces et attrapes qui le fait ignifuger ! Tu es dégoûté. Tu reviens souvent des champs de courses fauché mais heureux. Pourtant, un autre événement bien plus important t'attend.

Un beau jour de printemps, tu vas jouer aux courses à l'hippodrome du Tremblay près de Paris et tu gagnes. Tu t'installes pour quelques jours dans une auberge au bord de la Marne située en face de l'île d'Amour. Au cours d'une promenade en barque, aidé par l'excellent vin de muscat du déjeuner, tu entends dans ta tête la coda du *Petit vin blanc, « s'en aller pour fauter, dans les bois, dans les prés »*. Tout arrive en même temps, l'air, les paroles. Tu retravailles ensuite la mélodie avec Borel-Clerc, et le succès est au rendez-vous. Tous les bals et les orchestres des brasseries des Grands Boulevards, de la République à Richelieu-Drouot, commencent à jouer sans cesse ta chanson. Plus d'un million de partitions se baladent dans les rues pour fêter la Libération. Les soixante-dix-huit tours se vendent moins bien pour des raisons budgétaires liées aux restrictions alimentaires et à la rareté du graphite qui est contingenté. Malgré tout, vingt mille exemplaires s'écoulent. Parfois, je t'imagine, dans cette joie citadine, explosive, emporté par cet espoir de reconstruction, séduisant dans la liesse populaire, toi à qui l'on offre un verre dans n'importe quel bar de la ville où ton refrain de jeunesse est entonné. Désormais, tu te demandes si tu vas réussir à écrire un deuxième succès. La chance te sourit à nouveau avec *Le P'tit Bal du samedi soir*, interprété par Georges Guétary, grande vedette de l'opérette de l'après-guerre, dont la notoriété atteindra Hollywood et qui sera le partenaire de Gene Kelly dans *Un Américain à Paris*. Cette chanson à la gloire des bals musette sera reprise trente ans plus tard par le chanteur Renaud, avec sa gouaille de Parigot. Tu façonnes également une douce ballade, *Les Quais de la Seine*, qui rencontre un peu moins de succès mais demeure l'une de mes préférées. Je t'y retrouve tant :

J'adore les quais de la Seine
La mine sereine
Des petits marchands
Le calme du vieux bouquiniste
Dressant une liste
D'invendus charmants

Par là dans le soir se promène
L'ombre de Verlaine
Poussée par le chant
Des violons qu'il a fait naître
Et qui font connaître
L'automne au passant

Elle sera interprétée par Lucienne Delyle, mais aussi par Danielle Darrieux. Ton destin est désormais tracé. Tu écriras des chansons, même si tu reprendras parfois, sans grand succès, ta casquette d'interprète. Conformes à l'idée que se fait Aristote de la poésie, tes vers dessinent les choses, tes mots forment des tableaux. Après le charme des bords de Marne, des quais de la Seine, tu décris en refrain l'ambiance de ton quartier, le coin de ta rue où la marchande de fleurs est si jolie, ce petit square où tu viens te promener au clair de lune, ce bal musette où dansent les midinettes, cette campagne où, le dimanche, tu te distrais musique en tête, cette douce vallée qui te rappelle ton enfance.

Il y a donc eu l'éprouvante étape de l'Institut médico-légal. Ce bâtiment au bord de la Seine, entre les ponts d'Austerlitz et de Bercy, combien de fois suis-je passé devant en voiture, sans savoir qu'à l'intérieur gisaient des dizaines de corps inertes ? Ce ne sont plus les quais que tu chantais autrefois. Il y a plusieurs cadavres par pièce. À peine me suis-je avancé dans le couloir qu'une odeur insoutenable pénètre dans mes narines, ma peau, mes yeux. Je commence à vaciller. Je suis à la limite du vomissement. Je cherche la sortie d'urgence.

Les automobiles roulent toujours. Le trafic disperse les gens vers leurs activités. Il entre en moi un certain dégoût. L'existence n'aura plus jamais la même odeur. La vie a beau nous faire des cadeaux, il y a toujours un instant où il faut payer l'addition, un jour odieux comme celui-ci, où soudain tout se dérobe sous nos pieds. On m'a demandé de te reconnaître. Je n'en ai pas eu le courage. Heureusement, le représentant des pompes funèbres t'avait déjà rencontré plusieurs fois. Il a accepté de le faire à ma place. Il m'a sauvé. Ton beau visage, celui qui a brillé dans les lumières du Concert Mayol au milieu des jeunes filles nues, il est dans un sale état aujourd'hui. Je ne voulais pas regarder cette face-là, celle que tu as laissée avant de partir vers l'au-delà. Ton visage abîmé dans ta chute, je ne peux m'y faire, et pourtant cette sculpture de Praxitèle me console un peu. Sa grâce irradiée semble immortelle. Les yeux plongés dans ses rêves, cet Apollon a le nez aplati, une marque sur le front et un trou dans le crâne. Je trouve encore de la beauté à cette divinité, malgré sa face amputée.

La matière reprendra mon corps mais elle ne reprendra pas mon âme. Mon âme seule m'intéresse et qui représente le parcours de ma vie.

Certaines lectures arrivent dans notre vie à un moment déterminant. Je viens de retrouver ces phrases sur une feuille à moitié déchirée. Elle s'était égarée entre deux dossiers : « *La matière reprendra mon corps, mais elle ne reprendra pas mon âme. Mon âme seule m'intéresse et représente le parcours de ma vie.* » Au coin, il y a cette petite étoile que tu dessinais rapidement pour accompagner une phrase, une lettre à un ami cher à qui tu tenais tout particulièrement.

Dans l'*Iliade*, Achille ne se contente pas de tuer Hector au cœur de sa jeunesse, il le traîne avec son char, le défigure et laisse volontairement son corps mutilé à la merci des animaux. Il souhaite ainsi anéantir tout ce qu'il reste du héros. « Il faut le déshumaniser, le ramener au chaos, au néant », souligne Jean-Pierre Vernant dans *La Traversée des frontières*. Humilier le cadavre, effacer toute trace de beauté et de virilité, tel est le but recherché pour le défunt : une gloire impérissable. Il peut ainsi rejoindre le royaume d'Hadès, où il n'y a ni individualités, ni noms, ni visages.

Je trouve incroyable de lire cet enseignement. Toi, Jean, qui as été si abîmé lors de ta chute, toi dont la dégradation du corps m'a tant fait souffrir, aurais-tu inconsciemment recherché ce but suprême ? L'anéantissement de ta chair pour m'ouvrir les portes de ton souvenir éternel. Cela n'était pas nécessaire pour devenir immortel à mes yeux, tu sais. Pour connaître définitivement cette gloire impérissable, il ne manque plus, pour les Grecs anciens, qu'une étape. La vie du défunt doit être immortalisée par le chant qui raconte ses expériences, ses exploits. J'ai appris ta mort à Athènes, ton cadavre a été humilié et ta mémoire est entretenue par tes chansons. Cette coïncidence est troublante.

Un théologien né à Alexandrie dans les premiers temps de notre ère, qui porte un nom grec, Origène, a écrit aussi un texte intitulé *Commentaires sur saint Jean*. Pour lui, Dieu offre un corps d'ange ou de démon, selon nos fautes. Et pourtant, le corps physique est une punition. Celui que tu as laissé sur terre, je l'ai vécu ainsi. Je préfère penser à ton âme légère.

En 1949, tu prends l'avion pour Le Caire. Je viens de retrouver un portrait de toi à cette époque. Tu vas chanter en Égypte, au cabaret L'Auberge bleue, à Alexandrie. Tu tiens le haut de l'affiche. J'aimerais bien le voir, ton tour de chant. On parle de toi dans la presse locale comme un parolier qui sait cacher la tristesse sous le sourire le plus éclatant. Tu n'as pas d'autre ambition que d'écrire des chansons honnêtement, pour exprimer ta joie de vivre, le plaisir du moment, le charme des choses simples, le secret désir de calme et de bonheur que chacun porte en soi. Un journaliste écrit qu'il a vu un jeune chanteur français évoquant des berges, des guinguettes, des couples d'amoureux qui n'existent que dans un univers de rimes et de songes. Il paraît que tu as une diction nette et que tu ne fais pas trop de grimaces, ce qui n'est pas fréquent à l'époque. Tu y chantes la France, qui fait tant rêver les Alexandrins. La troupe Cocteau-Marais est de passage un soir dans ce cabaret. Le personnage éminent, Jean Cocteau, poète, cinéaste et dramaturge, apprécie ta poésie et te remercie en t'offrant un dessin, l'esquisse d'un profil œdipien sur une enveloppe. Elle est là devant moi comme un cadeau venu des dieux, vestige d'un âge d'or inoubliable. En la regardant, je m'interroge : faut-il tuer le père pour devenir un homme, affirmer sa personnalité ? Épargné par le complexe d'Œdipe, je n'ai jamais éprouvé le besoin de t'effacer. Ne vaut-il pas mieux en garder le meilleur ?

Dans un autre article, j'apprends que tu as composé à Alexandrie *La Chanson de Paris*. Il y a même une citation qui me permet d'apprendre un détail que je ne connaissais pas : « *Je me promenais dans les rues d'Alexandrie. Je regardais les vitrines. Il y avait beaucoup d'articles de Paris. Et même des partitions de chansons* : À Paris, Mademoiselle de Paris. *Alors le sortilège des bords de la Marne recommença comme autrefois. Je me mis à fredonner. Et quand je rentrai à l'hôtel des Roses*, La Chanson de Paris *était en moi. Elle faisait éclater mon cœur.* » « Elle faisait éclater mon cœur » ! Je la trouve si juste, cette phrase, le moment devait être si fort lorsqu'une chanson naissait sur tes lèvres.

C'est pourtant une autre chanson sur Paris qui connaîtra la célébrité. Tu fais la connaissance du compositeur Hubert Giraud, et c'est une collaboration de plusieurs années qui commence. Vous fournissez l'orchestre de Jacques Hélian qui diffuse une grande partie de votre production, en particulier les chansons des films musicaux *Musique en tête* et *Tambour battant*. Des crescendos saccadés de guitare accompagnent tous vos délires. En 1950, vous allez voir le metteur en scène Julien Duvivier sur un tournage. Il vous demande de lui proposer le plus rapidement possible une chanson pour ce film qu'il est précisément en train de réaliser. Hubert est venu t'accompagner à la guitare pour présenter *La Chanson de Paris*. Tu es confiant, car elle t'a valu le Prix de la chanson française à l'ABC. Également, tu as reçu à Deauville le Prix Édith-Piaf pour *Faubourg-Saint-Antoine* ; c'est ton année. Mais Duvivier, lui, n'est pas convaincu par ce qu'il entend. Il t'invite néanmoins à lui proposer une autre chanson, pour le lendemain matin au plus tard. Cela tombe mal, tu as un rendez-vous galant dans le quartier de Montparnasse. Hubert a bien fait de t'accompagner. Sur le chemin du retour, dans sa berline, naissent déjà les premières notes, et, dès le matin suivant, votre futur succès est accepté. Il a pour titre *Sous le ciel de Paris* :

Sous le ciel de Paris
S'envole une chanson
Elle est née d'aujourd'hui
Dans le cœur d'un garçon

J'aime ces mots. Je trouve qu'ils coulent tellement, comme la Seine que tu aimais tant, et ce garçon, c'est un peu toi ; je te revois à chaque fois que j'entends ce couplet. Grâce à la mélodie aérienne d'Hubert, tes paroles vont faire le tour de la France et du monde entier. Juliette Gréco, Yves Montand, Édith Piaf, Les Compagnons de la chanson et tant d'autres interpréteront cette chanson, les crooners Paul Anka et Andy Williams, un grand nombre de jazzmen internationalement connus, tels Duke Ellington, Coleman Hawkins ou Toots

Thielemans… Même les célèbres ténors Luciano Pavarotti, José Carreras et Plácido Domingo l'entonneront ensemble, sous la tour Eiffel illuminée, un soir de 14-Juillet.

En 1955, Édith t'appelle d'Amérique. Elle est folle de joie. Elle entend souvent ta chanson à New York. De nombreux orchestres la jouent et elle se retrouve même en tête de leur programmation. Les chansons te viennent facilement et touchent le cœur des gens.

Près de Notre Dame --
parfois couve un drame --
oui mais à Paname --
tout peut s'arranger -
Quelques rayons
du ciel d'été
l'accordéon
d'un marinier --
l'espoir fleurit --
au ciel de Paris --

Platon dans *Phédon* a été l'un des premiers à définir la réincarnation. C'est sur les lèvres de Socrate qu'il rappelle l'« antique légende » : « Les vivants ne naissent pas moins des morts, que les morts des vivants. » Rien ne se finit dans la mort. Ton âme légère danse toujours autour de moi. Où danse-t-elle pour autant ? À cette question, tu ne me répondras jamais. Pourquoi ? Est-ce mieux ainsi ? Est-ce trop terrifiant, ou au contraire trop beau là où tu te caches ? Tu es peut-être sous une forme que je ne connais pas. Lorsque le ciel de Paris se voile, je scrute le dessin des nuages afin d'y voir un indice. Mais il n'y a rien. « *J'écris parce qu'ils ont laissé en moi leur marque indélébile et que la trace en est l'écriture. L'écriture est le souvenir de leur mort et l'affirmation de ma vie* », écrit Georges Perec dans *W ou le souvenir d'enfance*. Je pourrais continuer en disant que j'écris, car il n'y a pas eu d'adieu entre nous, un silence intolérable que rien ne peut interrompre. Pourtant, ton mutisme, je commence à m'y habituer, désormais. Ton retrait accompagne mes phrases dans chaque mot, dans chaque espace. Au-delà de nos joies et de nos peines, il y a ces mots qui restent ici-bas dans tes chansons. Tu les as semés sur les lèvres de nombreux interprètes, disséminés au gré des rencontres, guidé par un instinct qui t'a rarement trompé. Pour le grand public, tes chansons « *courent encore dans les rues / La foule les chante un peu distraite en ignorant le nom de l'auteur / Sans savoir pour qui battait leur cœur* » ; on ne connaît pas ton nom, comme le chante Charles Trenet. Cette discrétion finalement te va bien.

Jean ne s'ennuie pas. Sur une photographie, je te découvre en maillot de bain, svelte, souriant, entouré par deux belles créatures. « *Le farniente et les jolies filles* », souligne la légende. Tu te produis à Saint-Gervais et à Annecy. Je t'aperçois désormais sur la terrasse de l'Igloo Bar à Megève, la Gauloise au bec, les verres de vin bien remplis. Tu aimes passer plusieurs mois dans ce palace, La Résidence, où séjournent des gens très chics. Aujourd'hui, il y a un complexe de location immobilière à la place. Tu m'as même avoué que tu avais croisé sur ton chemin des personnes peu recommandables, des voyous distingués dont la conversation devait t'amuser. Ils étaient très convenables, très polis, faisaient partie du tableau avec les casinos, les bars d'hôtel, les palaces de sports d'hiver.

J'apprends dans un journal que tu viens de te mettre au régime sec. Auparavant, tu as dû bien picoler. Tu fais le serment de ne boire que des Coca-Cola pendant un an. Pour toi qui n'as jamais aimé l'emprise commerciale des Américains, je trouve cette décision plutôt surprenante. De toute façon, un an, ce n'est pas si long. Tu as vite repris le chemin du bon vin de chez nous. Tu fais une tournée sur la Côte d'Azur. Lors de ces folles virées, tu perds des fortunes au jeu. En voyant tes pertes faramineuses, un directeur de casino te convoque dans son bureau : « Jeune homme, je vous trouve vraiment sympathique. Je vais vous donner un conseil. Pourquoi continuez-vous à jouer ? Le casino a gagné d'avance. » Tu lui réponds : « Ce n'est pas gagner que je voudrais, c'est simplement me refaire. — Je sais, comme la plupart des joueurs ! enchaîne le directeur. Notre grande chance, c'est que celui qui entre chez nous commence souvent par gagner. Ensuite, il perd. Il devient alors pour nous un client assuré. » Ce monsieur t'a convaincu. Tu t'es fait interdire toi-même de toutes les salles de jeu de l'Hexagone. Un jour de nostalgie, tu aurais pu aller en Suisse ou à Monaco. Tu continues en revanche à jouer à la loterie du succès populaire. Dans *La Chanson de Paris*, tu as déclaré que « La chanson c'est le casino du populo ». Avec le *Petit vin blanc*, tu as gagné le gros lot. Tu as voulu rejouer une partie de tes droits d'auteur sur le tapis vert. Tu avais sûrement besoin de te sentir libre, sur le fil du rasoir, de repartir de zéro chaque jour, avec ton cœur et ta plume, cette plume que te prêtait parfois l'ami Pierrot. Quand tu es fauché, tu le regrettes sûrement, tu bois quelques verres et tu te dis que tout est à recommencer. Je viens de lire dans l'une de tes lettres que tu aimais que ton cœur batte vite, comme lorsque tu lançais, sûr de toi, au baccara : « Banco ! »

Ce jeune homme insouciant, talentueux, insolent, la plus grande vedette de l'époque veut le connaître. Édith Piaf t'invite à dîner dans son célèbre appartement du boulevard Lannes, près du bois de Boulogne. Charles Aznavour est présent. Comme tu ne l'as jamais vue sur scène, elle t'offre un récital entier dans son salon, accompagnée par deux musiciens. Tu es estomaqué et tu tombes amoureux. Sur votre aventure, je lis parfois quelques lignes dans des biographies. Elle est souvent décrite de manière inexacte. Leurs auteurs écrivent sans savoir, car ils ne relatent pas votre véritable rencontre, sa sincérité, mais évoquent une parenthèse quelconque. Tu n'as jamais voulu en parler. Tu avais gardé ses lettres, votre correspondance. En quelques mois, Édith aimait plus que d'autres en toute une vie.

Je regarde leurs tampons. Ils indiquent des dates de 1955. Tu es allé la rejoindre outre-Atlantique en avril, et tu es revenu à Paris en novembre. Tu as voyagé sous le nom de « Monsieur Blanc ». Je connais peu de détails de ce périple de New York à Los Angeles, et de Chicago à Montréal. Je ne sais pas à quelle occasion elle t'a offert cette montre devenue inutile aujourd'hui, les aiguilles arrêtées sur un temps qui me fait rêver. Elles sont figées dans une autre décennie, une autre vie. Tu es rentré en France sur le paquebot *Queen Elizabeth*. J'imagine ta traversée, toi qui partageais les moments de celle qui faisait vibrer des foules entières. Je t'imagine dans ta cabine, revivant en secret ces instants sublimes passés à travers l'Amérique, ces jours à Malibu dans une villa coloniale, dominant le Pacifique, entourée d'eucalyptus. Vous avez été invités chez les stars d'Hollywood – Ginger Rogers et Marlon Brando. Sur un film amateur diffusé à la télévision, on te voit accompagner la Môme jusqu'à la piscine. La séquence dure quelques secondes, à peine. Tu souris jusqu'aux oreilles. Tu nages alors dans les eaux du bonheur. J'ai l'impression qu'elles durent une éternité, ces secondes. Ce n'était pas une banale idylle entre un homme et une femme, mais plutôt une vibration forte entre deux individus qui ont tenté de partager un peu leur lumière. Il y a eu une dimension mystique dans vos échanges. Elle t'a offert un livre, *La Recherche de la vérité*, elle t'a parlé de l'ordre des rosicruciens. Tu as écrit une chanson, *Soudain une vallée*, en pensant à cet ordre. Elle a aimé te faire découvrir la musique de Bartók. Pour elle, tu fais le serment d'arrêter l'alcool, la cigarette ou le café. Tu te reproches de ne pas savoir te dominer.

Je t'imagine seul à Paris dans ton appartement de la rue Pache, apprenant par les journaux ses dernières péripéties aux États-Unis. En janvier 1956, elle chante au Carnegie Hall la chanson que tu viens de lui écrire dans un appartement de New York, *L'Homme à la moto*, inspiré par le film *L'Équipée sauvage*, l'arrivée des motards en blouson de cuir noir.

Tu traverses à nouveau l'Atlantique pour retrouver Édith à Cuba. Elle chante alors au cabaret Le Sans-Souci. C'est la fin de l'histoire. Édith a rencontré un autre homme. Monsieur Blanc redevient Dréjac. Tu m'as laissé une immense page blanche devant moi. J'ai relaté ton épisode amoureux avec Édith, avec le peu d'éléments dont je dispose. Tes Mémoires non dévoilés commencent à devenir *Le Roman de Jean*. Je vais le poursuivre. J'ai l'impression que tout était écrit d'avance, que cette page nue existait peut-être avant que tu disparaisses. Et pourtant je ne m'en étais jamais aperçu. Nous savons bien que les êtres sont un mystère. Nous n'avons accès qu'à une partie infime d'eux-mêmes. Dans la vie de tous, il y a des zones d'ombre. « Nous sommes et nous ne sommes pas », a écrit Héraclite, il y a plus de deux mille ans. Chacun est plusieurs. Pourquoi sommes-nous flous et insaisissables ? Je suis incapable de rédiger un livre précis. Selon Freud, il n'y a pas de biographie possible. Il est impossible de décrire l'autre de façon certaine. Notre existence se dessine avec discontinuité et notre fréquente envie de plaire déforme la réalité, entretient l'inconnu.

Je viens d'avoir une longue discussion avec Jacques, ton fidèle complice. Il m'a confié que l'une de tes phrases le marquait encore. Il t'avait proposé de poursuivre ton travail d'administrateur de cette Société des auteurs, compositeurs et éditeurs de musique dont tu t'es toujours senti très proche. Tu as refusé. Tu lui as répondu : « Je voudrais avoir le temps de faire ma valise. » Tu as pris le temps de la faire. Tu as voulu t'isoler dans ton appartement, voir de moins en moins de gens. Pourquoi es-tu parti alors que j'étais en Grèce, si loin de toi ? J'ai longtemps cherché un sens à la manière dont se sont passées les choses. Tu as tant veillé sur moi que je me demande si, après avoir terminé ta valise, tu n'as pas voulu remplir un peu la mienne. Apprendre ta mort si près de l'Acropole m'a donné l'idée de me tourner vers la Grèce pour chercher des réponses à mes interrogations. Était-ce un message pour me dire : « Plonge-toi dans mes pensées, les fragments dispersés sur mon bureau ou des dossiers, grâce à eux, tu vas écrire notre livre » ?

Je récupère ce que je peux dans ton courrier, tes papiers et dans des coupures de presse. Je te découvre encore. Il n'y a plus que des écrits entre nous, comme il n'y a que des phrases supposées venues de l'Antiquité. On ne sait presque rien de la vie des auteurs présocratiques, et pourtant leurs réflexions sont parvenues jusqu'à nous. Les œuvres des sculpteurs n'ont été connues, souvent, que grâce à leurs copies romaines. Mon récit aussi ne pourra être que ma propre version. Les textes que j'aime lire en ce moment ont été assemblés par bribes et lambeaux. La vie d'Héraclite est un mystère. Ses fragments ont été reconstitués de façon aléatoire. Il a fallu glaner des phrases dans les commentaires des philosophes qui lui ont succédé.

Avant votre séparation à Cuba, tu as passé quelques jours avec Édith Piaf à la montagne, dans un chalet à Morzine. Elle te proposait depuis longtemps de poser des mots sur la mélodie d'un air de ballet, écrite par le compositeur Henri Sauguet. Intitulé *Les Forains* et créé en 1945 au théâtre des Champs-Élysées, ce ballet a connu un joli succès. L'inspiration ne vient pas, mais après une sieste, tu te réveilles soudain avec ces paroles surgies dans ton esprit :

Ils ont troué la nuit
D'un éclair de paillettes d'argent
Ils vont tuer l'ennui
Pour un soir dans la tête des gens

Le Chemin des forains est peut-être la chanson dont tu as été le plus fier. Un journaliste a même évoqué des correspondances avec Apollinaire. D'où sont venus ces vers ? Tu n'étais pas un laborieux, l'inspiration est toujours tombée des cieux, comme un cadeau. Aristote déjà affirmait que la poésie naît lorsque le poète est envahi subitement par une force divine indéfinissable. Platon décrivait le poète comme un être possédé par un esprit qui le dépasse. Si l'on s'empare de lui, c'est pour qu'il dévoile la parole céleste. Il devient alors un *mousikos*, un « homme des Muses ». Le connaissais-tu, ce mot grec ? Peu importe. D'où viennent-elles, ces muses qui peuvent séduire de façon si mystérieuse et subite ? Tu en avais rencontré une, encore une fois près de la Seine. Elle n'habitait peut-être pas très loin à l'époque.

En flânant dans l'île Saint-Louis
J'ai retrouvé ma muse
Je vais vous dire ce qu'elle m'a dit
Si ça vous amuse

as-tu même chanté un jour dans *Ma muse*. Souvent, cette emprise survient lorsque le poète s'abandonne à des excès ; la mélancolie devient alors une force sublimée par l'alcool, les jolies filles et le talent. Finalement, ton inspiration correspond à cette description et à ton *Petit vin blanc*, ode légère qui chante les plaisirs de l'amour et du vin, même si Aristote et Platon évoquaient sûrement des vers plus sérieux que ceux de ta rengaine populaire :

Ah ! le petit vin blanc
Qu'on boit sous les tonnelles
Quand les filles sont belles
Du côté de Nogent

Depuis la Libération, on continue à l'entonner dans les mariages et les bals. Ta rengaine sera même citée à deux reprises dans la bande dessinée *Astérix*, une première fois par le barde Assurancetourix qui entonne : « C'est le petit vin blanc qu'on boit sous les dolmens ! », puis, dans un autre album, par des athlètes romains, avec cette libre adaptation : « Ah ! le petit vin blanc qu'on boit sous les colonnes ! » Cela a dû t'amuser que tes vers, même un peu détournés, se promènent dans une bande dessinée aussi célèbre ! Tu as regretté en revanche que le parolier américain se soit trop éloigné de ton texte pour son adaptation, devenue sous sa plume : *Le Petit Sentier sous la lune*. Ce premier succès n'atteindra pas la dimension internationale de *Sous le ciel de Paris*. Cependant, il a été beaucoup fredonné dans les *Heuriger*, ces tavernes viennoises typiques situées près des vignes, sur les hauteurs de la capitale autrichienne.

Je t'ai accompagné à l'hôpital Beaujon. Tes chevilles avaient anormalement enflé. De l'eau stagnait dans une poche à côté de tes poumons. Tu étais essoufflé en marchant quelques mètres. Tu as laissé cette phrase sur un carton à peu près à cette période : « *Pour que la vieillesse soit supportable, il faut que le vieillissement du corps soit compensé par un rajeunissement de l'esprit.* » Il a fallu te poser un pacemaker. Nous sommes arrivés dans ta chambre. Comme lorsque tu avais dix-sept ans, ton bagage était léger. Une veste, un jean, un pyjama, une trousse de toilette. Tu avais oublié ton peignoir chez toi. Tu t'es excusé plusieurs fois. Tu es même venu pleurer dans mes bras. Tu m'as dit : « Excuse-moi de te déranger, il va falloir retourner aux Champs-Élysées, tu es si occupé. » J'étais toujours pressé à l'époque, pour mes activités professionnelles. Un homme agité, pris dans l'engrenage de son temps ; tu me conseillais alors justement de les trier ces activités. Tu avais raison. Je suis allé chercher ce peignoir *rapidement* ; je suis revenu te voir *rapidement* ; nous avons parlé *rapidement* ; je suis rentré à la maison *rapidement* ; j'ai couché les enfants *rapidement* ; j'ai dîné *rapidement*. Comme d'habitude. Sur mon bureau est posé un coupe-papier ayant appartenu au poète Louis Aragon. On te l'avait offert. L'un de ses vers que j'aime tant me poursuit désormais sans cesse : « Le temps d'apprendre à vivre, il est déjà trop tard. »

Il n'y aura plus jamais ton corps qui s'agite, tes bras qui s'écartent, tes lèvres qui s'ouvrent pour arborer ta joie de vivre, pour fredonner « Sous le ciel de Paris s'envole une chanson ». Et pourtant, même si je voulais oublier cette mélodie, je ne pourrais pas y parvenir ; il y a toujours un accordéon dans un couloir du métro ou ailleurs qui la joue encore. J'imagine que le ciel de Paris était lourd le jour où tu es parti. Je repense à la fin de ta chanson : « *Mais le ciel de Paris n'est pas longtemps cruel / Pour se faire pardonner, il offre un arc-en-ciel.* » Dans une rue, je passe devant un musicien qui l'interprète au violon. Je jette une pièce dans l'étui de son instrument sans m'arrêter. Je m'en vais loin. Tu es si près.

Mais le ciel de Paris
n'est pas longtemps cruel
pour se fai' pardonner – –
Il offre un arc en ciel – –
*

Une autre anecdote me revient en mémoire. Tu étais dans le métro. En face de toi, une femme, qui semblait un peu dérangée, se mit à hurler : « Il portait des culottes et des bottes de moto ! » Elle ne savait pas que l'homme en face d'elle était l'auteur de ces mots. J'ai oublié de te dire que c'est la chanson préférée de ton petit-fils Julien. Il saute sur son lit comme un fou dès qu'il l'entend. Il fait des mimiques insolites, prend des poses incroyables. Hugo, son frère cadet, que tu n'as connu qu'une seule année, préfère *Dansons la capucine* et *Une souris verte*. C'est plus facile à chanter à son âge. Pourtant, il essaie parfois, mais se trompe encore un peu : « Ah le petit vin, bleu, blanc, blond… » Il a les yeux bleus comme les tiens.

Sur les pages arrachées d'un carnet de poche, je peux lire que tu commences à avoir un certain doute sur l'écriture définitive de ton livre : « *Quand j'avais vingt ans et que je fréquentais mon cours d'art dramatique, j'entendis un jour au Villars, le café où se retrouvaient les jeunes comédiens, une réflexion faite par un garçon qui était de peu mon aîné et qui m'emplit d'admiration. Nous parlions d'écrits, de théâtre et de poèmes, car certains d'entre nous taquinaient les muses. Ce garçon, intervenant au milieu de nos bouillonnements, déclara soudain : "Moi pour écrire, j'attendrai d'avoir vingt-cinq ans, car avant cet âge-là on ne peut pas prétendre avoir quelque chose à dire." Vingt-cinq ans ! J'étais émerveillé par cette capacité de faire un projet à si long terme, moi qui rimaillais sans complexe depuis quelque temps déjà et qui allais connaître peu après, avec une chanson bâclée dans la jeunesse, un immense succès populaire. Cependant j'ai rimé beaucoup, je lui ai donné raison, j'ai attendu d'avoir bien plus de vingt-cinq ans. J'aurais attendu d'avoir presque la cinquantaine pour oser faire le rapport de mon expression personnelle, pour raconter ma vie étonnante pleine de rebondissements et d'imprévus. Pareil à la feuille morte de Verlaine, je me suis laissé porter par le vent. Je n'ai que depuis quelque temps pris l'initiative d'un peu d'organisation. Je ne prétends pas que ce manque de méthode est le plus efficace pour une permanente productivité, mais il présente, tant qu'on parvient à en vivre assez largement, bien des agréments. Pour écrire ce livre, projeté depuis longtemps, je compte m'astreindre à un travail quotidien, ce qui est nouveau pour moi et pour l'instant assez difficile.* » Tu me fais rire. Cet amusement soudain, j'ai l'impression que tu le vois et que tu souris aussi. Mais dis-moi, comment fais-tu pour sourire là où tu es ? Toi qui étais si souvent de bonne humeur.

Il a fallu que je dépasse moi-même quarante ans pour l'écrire, ton roman, que j'atteigne l'*akmê*, cet âge d'or dans la vie d'un homme selon les Grecs. Personnellement, je n'aurais jamais imaginé le commencer un jour. La vie est vraiment, comme tu le dis, pleine de rebondissements. Tout n'est qu'une question de ciseaux, de découpage, de stylo et d'imagination. Julien et Hugo n'arrêtent pas de découper des feuilles et de faire des montages inventifs. Je mets tant de choses dans ce pêle-mêle : les citations d'auteurs anciens, des photos, des extraits de presse ou de lettres. Il ne s'agit pas de littérature comparée, mais peut-être d'impressions comparées.

Tu vas passer quelques jours de vacances à Megève. Dans un article, j'apprends que l'on t'a vu descendre tout schuss le mont d'Arbois en poussant des cris. Rapidement déséquilibré, tu t'es foulé la cheville, condamné à rester au lit avec un grand pot de camomille. Tu as remporté la course des artistes, mais tu avoues au journaliste que, cette année-là, tu étais le seul participant ! Tu croises Gilbert Bécaud qui connaît les raisons de ta tristesse : ta séparation avec Édith. Il te change les idées autour de quelques verres. Une fois rétabli, physiquement et moralement, tu repars comme une flèche. J'ai retrouvé une phrase de toi qui te correspond bien : « *Je suis fait de cette substance élastique qu'on trouve encore dans les Alpes et je compte bien en profiter pour rebondir plus haut encore. Je me défendrai farouchement et, si des gens veulent sortir des dés pipés, je les balaierai d'un revers de main.* » Ton roman se déroule devant moi. Quand je vois tout ce que tu as traversé, cette existence pleine de chutes et de redémarrages, de montées et de descentes, de qualités et de travers, je m'aperçois qu'il n'y a pas que de la chance sur ton parcours, que de la poésie attrapée dans l'air du temps, mais bel et bien une force, une détermination remplie de sensibilité, prête à tout affronter.

Dans les caves de Saint-Germain-des-Prés naissent désormais ce qu'on appelle les « chansons à texte ». Tu traînes dans ce quartier devenu le centre de Paris. Tu y croises Boris Vian, et vous jouez même à la belote ensemble. Je me demande comment cet homme, disparu si jeune, ingénieur de formation, qui écrivit des dizaines de chansons, des romans depuis devenus cultes, des essais humoristiques, qui soufflait dans sa trompette jusqu'au bout de la nuit dans les caves de jazz, trouvait encore le temps de jouer aux cartes l'après-midi. Tu étais un peu fainéant, tu le disais toi-même, et pourtant tu as écrit des centaines de chansons. C'est étonnant ce que les paresseux peuvent abattre comme travail ! Et si décourageant pour les réguliers, les précis, les tenaces qui s'obstinent pour finalement réaliser beaucoup moins de choses.

Peu à peu, ton style change. Tu utilises les mots de l'époque, le langage populaire, celui du cinéma et de la rue. Ils sont chantés par les vedettes féminines du moment.

Pour Pythagore, tout est nombre. Ses disciples prétendaient remonter à la source de toute chose grâce à la somme des quatre premiers chiffres. Puisque le pair et l'impair se succèdent à l'infini, Pythagore en déduit que l'âme est éternelle. Naturellement imparfaite, il lui faut une succession d'existences terrestres pour parvenir à un état supérieur. Avant de parvenir au niveau souhaité, combien d'épreuves, hélas, doit-elle supporter ! Il prétendait même se souvenir de ses incarnations précédentes. Tu vois, cela rejoint la conclusion de tes études mystiques auprès des rosicruciens, l'ordre auquel tu as adhéré suite au conseil d'Édith Piaf. Après avoir suivi leur enseignement, tu étais convaincu qu'il fallait sept vies pour parvenir à la perfection. Je veux bien croire à cette conception, mais annoncer un nombre aussi précis, n'est-ce pas un peu hasardeux ?

Chaque jour je m'interroge davantage. Plus j'apprends, plus je m'aperçois que la compréhension est impossible. Il y a autant à prendre qu'à laisser dans les conceptions de l'Antiquité, autant d'illusions que de vérités.

Je retrouve ton humour dans cette chanson, *La première fois que je suis né*, enregistrée par Serge Reggiani juste avant qu'il disparaisse lui aussi :

La première fois que je suis né
Il y a plus de cent millions d'années
J'étais naïf, inexpérimenté
Il y a plus de cent millions d'années

Dans un autre couplet, tu te lances dans une folle énumération, imagines que tu as peut-être été Platon ou Tarzan, au gré des ans, affirmes que tu aurais aimé être un hareng saur, mais déçu de n'avoir été qu'un dinosaure ! Où es-tu donc parti chanter désormais, dans quel arbre, dans quel animal ? Es-tu un oiseau, un insecte ? Je préférerais un oiseau, mais je me trompe peut-être, j'interfère dans l'ordre des choses qui me dépasse. Il est né récemment dans un zoo près de la maison un paon dont les couleurs sont spectaculaires. À moins que tu ne te sois transformé en faisan argenté avec un corps blanc orné de noir. Cela te rappellerait un peu ton costume flambant neuf du Petit Casino. Assez d'imagination. Je trouve que c'est une bien piètre consolation, cette histoire de réincarnation. J'aimais comment tu étais. Je ne vois vraiment pas l'intérêt de changer d'état.

Connaissais-tu les vers d'or de Pythagore ? Pour cet homme, qui fut considéré comme une créature divine, nos incarnations ont beau se succéder, il faut que l'âme se libère de son corps-prison pour enfin exister, se détacher, devenir immortelle dans le libre éther. À quoi ressemble-t-il, ce libre éther ? Quelle est sa couleur ? Je l'imagine entre le bleu et le rose. Et s'il n'y avait ni libre éther ni immortalité ? J'aimerais que tu me répondes mais je n'entends rien, et je reste seul face à mes doutes. Lorsque je suis avec mes enfants, avec leurs peaux, douces, célestes qui frôlent ma joue, avec leurs regards, fragiles, tendres, venus d'ailleurs, cette question m'accompagne. Le bonheur me pénètre et en même temps me rappelle que tout est amené à disparaître. Dans la lumière du jour demeurent un chagrin et un émerveillement tenaces. Je regarde la vie filtrée par ce mélange de joie et de peine. La beauté du monde apparaît derrière un voile. Comment apprécier l'éphémère ? En l'immortalisant avec une sensibilité poétique ? Toutes ces interrogations ne sont-elles pas une richesse ?

Perla t'attend sur le quai du port du Havre. Tu reviens d'une tournée en URSS. Elle est belle, rayonnante. Tu l'as rencontrée quelques mois auparavant, à Megève. Un jour de plein ciel bleu, tu l'aperçois pour la première fois dans le téléphérique qui monte au sommet de Rochebrune. Peu de temps après, tu remarques qu'elle déjeune seule à la terrasse d'un petit restaurant d'altitude, Le Forestier. Tu ne trouves pas de place et lui demandes si tu peux t'installer à sa table, ce qu'elle accepte.

Cette scène se déroule dix ans après la libération d'Auschwitz. En juillet 1944, Perla montait dans un train en direction de ce camp et allait passer sept mois derrière les barbelés. Lorsque le succès du *Petit vin blanc* a débuté, lorsque tu chantais à voix haute dans ce Paris libéré, au mois d'août, de cette même année, tu as la grande joie d'entendre ta chanson à chaque coin de rue. Elle endure l'une des pires épreuves que l'on puisse connaître. Pendant la décennie suivante, vous ne vous êtes jamais croisés. Tu étais dépensier, elle était économe. Elle louait un bel appartement des quartiers chics, toi, un deux-pièces plus modeste près de la place Voltaire, ou des chambres d'hôtel. Ta vie était ailleurs, dans tes voyages, tes folles virées. Tu as voulu te poser, après tout ce que tu avais traversé, tes erreurs, tes bagarres, tes faillites et tes réussites. En ce jour-là, il t'a suffi de l'admirer quelques instants pour désirer l'épouser.

Je suis encore charmé par l'ambiance de votre mariage. Vous êtes à l'Orangerie, rue Pierre-Charron, près de la place de l'Étoile. Une bande de joyeux lurons vous accompagnent. Michel Legrand est ton témoin. Dans tes bras dansent des bouteilles de champagne. Cette photo me semble éternelle. Il y a des images faites pour terminer dans un cadre. Le mot « photographie » vient-il du grec *phos*, la lumière ? Tu es dans la force de l'âge. Tu as du succès et l'amour illumine ton visage. Il durera plus de quarante ans. Perla semble si heureuse. Vous arborez une joie de vivre qui semble indestructible. Qui ose se fier au monde apparent ?

Ils sont si éphémères, ces moments de bonheur. J'ai eu la chance d'avoir des parents solaires. Comment accepter que cette lumière ait disparu ?

Perla est parvenue à supprimer de ton existence la cigarette, l'alcool et le jeu. Ce fut son combat. Grâce à elle, tu es devenu un autre Jean. Le célèbre producteur Jacques Canetti, qui a organisé l'enregistrement de ton nouvel album pour les disques

Philips, écrit que tu n'es plus cet homme un peu inquiétant que l'on croisait jadis dans les bars à l'aurore, et que tu dépenses désormais ton énergie sur les terrains de sport. « Tu ne te fais plus d'illusions sur les personnes et pourtant tu as toujours un grand espoir pour l'avenir de l'humanité », poursuit-il, mais ne sont-elles pas contradictoires, ces deux pensées ? Très élogieux, il affirme que tu es le seul auteur de chansons qui peut écrire dans tous les styles, du précieux au familier, du poétique au populaire. Sur cet album, il trouve que tu t'es engagé sur un nouveau sentier, entre l'émotion pudique et la création satirique. Il confirme que tu as des désirs de toutes sortes : une opérette, une revue, une pièce de théâtre, et même un livre.

Rapidement, tu écris *Papa est un poète*, une ballade inspirée par mon arrivée au monde. Je viens de naître, en effet, peu après le succès de *Bleu Blanc Blond*, porté brillamment par Marcel Amont. C'est le bleu de la Provence où nous partons en vacances que tu fais chanter maintenant. Sur une photo, tu es en pleine discussion avec Jacques Brel. Je suis assis sur ses genoux. Pour moi, à ce moment-là, c'est un homme comme un autre. Il porte un simple chapeau de paille. De quoi parlez-vous ? Est-ce qu'il te raconte ce qui le tiraille, ce qu'il t'a déjà confessé dans l'une de vos nuits alcoolisées, le fait d'être obligé de chanter *Les Bourgeois* pour assurer son succès, alors qu'il préfère de loin ses textes plus nostalgiques ? Même les plus grands artistes, les plus sincères, sont, parfois, obligés de composer.

Lorsque l'ère de la télévision arrive, tu animes, sur la seule chaîne existante, des émissions consacrées à tes chansons. Dans l'une d'elles, intitulée *Carte blanche à Jean Dréjac*, une comédienne t'accompagne. Elle y incarne ta « muse ». Elle est très belle. Mais Perla est vigilante. Un jour, tu m'as confié que pendant le tournage, ta « muse » avait reculé au moment où tu devais l'embrasser. Perla t'avait préparé un déjeuner à l'ail, ce qu'elle ne faisait jamais ! Ce programme en noir et blanc a une certaine élégance. Les costumes sont parfaitement coupés. Malgré tout, en revoyant ces images bien des années plus tard, tu as reconnu qu'elles avaient mal vieilli. Jacques Chancel, tout jeune journaliste, avait cependant écrit : « *Bravo Dréjac ! C'était réussi.* » Dis-moi, tes « muses », les vraies, celles qui t'ont inspiré durant toutes ces années, étaient-elles aussi jolies ? En tout cas, elles te portent chance. Le succès te donne confiance. Avec assurance, tu écris une nouvelle chanson, paroles et musique, *La Cuisine*, en pensant à Juliette Gréco, celle qu'on surnomme déjà « La Muse de Saint-Germain-des-Prés ». Tu la lui présentes, telle que tu l'as composée, c'est-à-dire *a cappella*. Elle l'accepte sur-le-champ pour son prochain disque, *Jolie Môme*, où figurent des chansons écrites par Jacques Brel, Georges Brassens, Guy Béart, Bernard Dimey, et même le poète Robert Desnos.

Tu es encore fréquemment demandé. Comme je deviens probablement trop envahissant dans notre appartement, tu loues un studio en face de l'immeuble, où tu vas travailler parfois jour et nuit, sans dormir, grâce au café et aux cigarettes. Cela te permet d'honorer dans l'urgence plusieurs commandes d'affilée. En faisant des recherches sur Internet, je découvre que ce studio se situait dans le même groupe d'immeubles que celui où résiderait plus tard Marlene Dietrich, la grande amie d'Édith Piaf. Tu ne me l'avais jamais dit. Pendant cette période de travail acharné, tu as dû apprendre par les journaux qu'Édith, que tu avais aimée cinq ou six ans plus tôt, était de plus en plus souffrante, et que le concert de 1962 à l'Olympia serait sans doute son dernier. Une partie de ta vie allait bientôt appartenir au passé.

Le compositeur Philippe-Gérard vient te retrouver à Megève où tu es parti te réfugier. Yves Montand prépare sa rentrée. Que pourriez-vous lui proposer ? Tu as arrêté d'écrire depuis plusieurs semaines. Sur le chemin du retour, dans sa voiture, en direction de la capitale, le virus de la rengaine réapparaît et tu commences à fredonner simplement ce qui arrive dans ta tête : « *La la la… mine de rien / la voilà qui revient / la chansonnette.* » Elle a été, je crois, la première chanson diffusée en Eurovision, sur la seule et unique chaîne de télévision. Ton ami Jean Effel en a fait un dessin.

Je me souviens d'Yves Montand, quelques années plus tard, qui téléphone à la maison, pour la dernière chanson que tu viens de lui écrire : *L'Enfant ébloui*. Perla répond. Tout impressionnée, elle te tend le combiné. Tu enchaînes : « Bonjour, Yves, comment vas-tu ? » J'entends le début de cette conversation comme s'il s'agissait de n'importe quel Yves.

Sur le même disque que *La Chansonnette*, dans un titre moins exposé, se cache pourtant ton réel constat : « *Rengaine ta rengaine, la chanson de papa c'est de l'histoire ancienne* ». En 1961, la même année, sur une musique de Léo Ferré, tu écris *Juke-Box Troubadour* pour clamer que, malgré cette machine envahissante, tu ne veux pas vendre ton âme de parolier à n'importe quel prix. Tu adaptes cependant ton style pour cet appareil qui remplace le piano du pauvre. *À l'enterrement de mes illusions*, ce titre aussi en dit long sur ton humeur :

Ce fut un bel enterrement
Qu'a duré des années
Avec des couronnes de serments
Tressées d'amours fanées

Tu as le regard plus dur. Durant cette période, tu te sens mal à l'aise. Le vent a tourné, la France chante avec les yéyés. Les pick-up ne diffusent plus que des chanteurs aux « cheveux longs ».

« Nous avons vu naître une industrie, mais nous avons vu aussi se transformer les oreilles et les consciences », écriras-tu un jour dans un éditorial en tant que président du Syndicat national des auteurs et compositeurs. Dans ce couplet d'*Au bal de ma banlieue*, conçu pour Marcel Amont, qui ressemble plus à un poème qu'à une chanson populaire, tu décris justement l'époque de ta jeunesse, gravée à jamais dans ton esprit. Tu rêves encore d'une guinguette épargnée par les temps nouveaux :

À deux pas de la ville
Au bal de ma banlieue
Un pianola tranquille
Fait valser la fleur bleue

De la Libération à l'Eurovision, déjà quinze ans ont passé, tu as écrit une quinzaine de succès, Maurice Chevalier t'envoie une lettre depuis l'hôtel Savoy de Londres. Il t'écrit que ta *Mimi la blonde* fait partie de son programme et remporte un franc succès, et te demande de l'appeler si tu as quelque chose de nouveau à lui soumettre. L'idole de tes vingt ans, celui que tu imitais dans tes premiers tours de chant, le petit môme sans le sou qui a passé le début de sa vie dans le quartier populaire de Ménilmontant, sur les hauteurs de Paris, et qui a monté les marches de la gloire jusqu'à Hollywood, s'adresse désormais à toi avec le plus grand respect. Tu lui façonnes *Au revoir* pour ses adieux au music-hall, au théâtre des Champs-Élysées. Je me demande s'il ne s'agit pas déjà un peu des tiens :

À Ménilmontant quand je roulais ma bosse
Je rêvais de l'Alhambra
Je pense aujourd'hui qu'un soir où j'étais gosse
Paris m'a ouvert ses bras
Je voudrais lui dire au revoir

À Rio, depuis le Copacabana Palace, le 10 août 1963, il t'écrit à nouveau, comme un débutant : « *Cher Jean Dréjac, vos deux chansons font merveille et votre récent "Au revoir" est ce que j'ai eu de mieux dans le genre. Enfin ça marche ! Ça marche !* » Pourtant, tu sais bien, toi, qu'une page est en train de se tourner. À l'avenir, tu recevras moins de lettres comme celle-là.

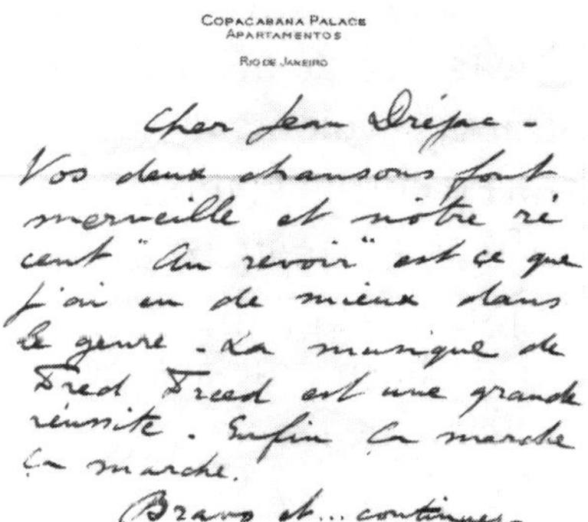
Copacabana Palace
Apartamentos
Rio de Janeiro

Cher Jean Dréjac -
Vos deux chansons font merveille et vôtre récent "Au revoir" est ce que j'ai eu de mieux dans le genre. La musique de Fred Freed est une grande réussite. Enfin ça marche ça marche.
Bravo et... continuez.
Maurice Chevalier
10-8-63.

Contrairement à Anaxagore qui prétend qu'un *noûs* unique nous anime, Aristote affirme que notre âme est morcelée, fragmentée par ses différentes fonctions ; sentir, désirer, bouger, penser, se nourrir sont ses objectifs contradictoires. Puisqu'elles s'arrêtent après la mort, seul le *noûs*, cette partie divine, peut s'enfuir, s'échapper vers l'au-delà et offrir à l'homme son ultime bonheur. Pour y parvenir, l'unique chemin est celui de la contemplation. Celle-ci n'est pas un acte passif face au réel, mais, bien au contraire, la volonté de se relier à l'universel. Elle permet d'entrer à l'intérieur du monde et de comprendre ses principes. L'observation des étoiles est la plus grande des activités. Elle nous permet d'être en harmonie avec le cosmos, cette apparence brillante de l'espace.

Je suis en train de lire un essai relatant toutes les grandes idées de ce philosophe sur un banc du

Champ-de-Mars près de la tour Eiffel. J'aimerais retrouver cet émerveillement de l'enfant qui regarde un oiseau s'envoler pour la première fois. À l'instant même, Julien et Hugo courent dans les allées de ce parc ensoleillé. Ils tentent d'attraper des bulles de savon devant l'enthousiasme d'un ange aux cheveux blonds. C'est beau de regarder ce spectacle dans la lumière nouvelle du printemps. Leurs mouvements sont légers, distingués. Les jeunes mères poussent leurs landaus en souriant. L'âme des disparus nous frôle à chaque instant. Elle ondule dans le vent. Il faut savoir saisir ces secondes d'éclaircissement, ces rares preuves fugitives de la beauté du monde.

Ta rencontre avec Michel Legrand est un tournant. Entre vous deux, ce sera un ping-pong incessant de notes et de mots. Vous allez vous amuser comme deux éternels adolescents. Tu l'as rencontré pour la première fois aux bureaux des éditions tenues par sa mère. Tu es légèrement connu ; lui débute lorsque vous vous croisez la première fois. Il était encore en culotte courte, précises-tu un jour à un historien de la chansonnette. Par la suite, Michel est devenu bien plus célèbre. Tu es l'un des premiers à avoir le privilège d'entendre la musique du film *Les Parapluies de Cherbourg*, qui remportera la Palme d'or au Festival de Cannes en 1962, musique fraîchement créée dans un chalet de Verbier, en Suisse. Vous vous fréquentez longtemps avant de collaborer réellement. Il t'emmène en Union soviétique, lors d'une tournée, te faisant passer pour un « metteur en scène d'orchestre », une fonction tout à fait imaginaire, juste pour avoir le plaisir de voyager avec toi. Là-bas, ce « metteur en scène » va avoir des soucis. Le cours du rouble a été divisé par trois. Ton ami André, qui a organisé la tournée, vient de me le confirmer. Je le revois de temps en temps, tu sais. Il t'aimait beaucoup. Nous passons de bons moments ensemble à parler de toi, à échanger des anecdotes qui nous font franchement rire. Les musiciens ne veulent pas d'un salaire au rabais. Ils menacent de ne pas jouer. La production risque de faire faillite. Vous ne pourrez peut-être pas quitter le pays sans payer les salaires de votre poche. Tu assistes à des discussions interminables. Tout se termine bien, heureusement.

Vous commencez à collaborer, Michel et toi, pour Zizi Jeanmaire la piquante meneuse de revue, et vous lui faites chanter *Mon beau tatoué, t'as tout*, avant que le truculent auteur-compositeur-interprète Jean Constantin lui compose son grand succès, *Mon truc en plumes*. En fait, ce n'est pas ta première chanson avec Michel. La première, c'était celle que tu m'avais fredonnée un jour : « *Je cherche un appartement pas trop petit, pas trop grand* », mais elle n'a jamais été enregistrée. Par la suite, la mutine Patachou, connue aussi pour avoir lancé Georges

Brassens dans son cabaret, t'écrit du Palmer House de Chicago : « *J'ai besoin de chansons et j'ai besoin d'une bonne Dréjac. Vous savez sans doute le genre de trucs qui me va.* » Décidément, le mot « truc » semble en vogue ces années-là ! Vous lui écrivez *Va pas t'imaginer* et *Allume tes lampions*. Il faudra attendre le milieu des années 1960 et même le début des années 1970 pour que votre tandem prenne son envol. Michel déroule un jour un grand écran dans le salon de sa maison, qui devient une salle de cinéma. Tu découvres les émois d'un jeune homme américain. Dans l'obscurité, des paroles brillent déjà dans ton esprit. Cela devient une chanson dans la nuit : *L'Été 42*. C'est facile pour toi de poser des mots sur cette magnifique mélodie. Tu avais vingt ans, cette année-là. Sur les notes de « Big Mike », comme on l'appelle aux États-Unis, tu écris avec nostalgie la jeunesse qui s'enfuit, le charme des premières amours, l'univers entier que tu vois dans les yeux de la femme de ta vie, un été qui ressemble à une toile de Picasso, un château sous la mer imaginé dans tes rêves d'enfant, et des chansons plus graves pour Serge Reggiani, la rupture amoureuse, la poésie assassinée près de Santiago au Chili, le cirque aux funérailles d'Édith Piaf, la difficulté de se débarrasser d'un vieux costume dans lequel les souvenirs sont encore dans le pli de la veste, ce rapport étrange entre l'amour et la mort. Les chansons sont parfois moins légères, plus graves, mais je reconnais toujours la même plume qui va chercher des mots simples pour toucher le fond de l'âme. Tu es partout dans tes refrains. Celui-ci te correspond si bien :

Comme elle est longue à mourir ma jeunesse
Ma jeunesse dans mon cœur
Je ne l'ai jamais trahie ma jeunesse
Qui me laisse à mon émoi
Et qui s'en va de moi

Comme l'a dit Serge Reggiani, qu'elle est longue cette phrase : « Comme elle est longue à mourir ma jeunesse ». Tu ne veux pas laisser ta jeunesse s'en aller, malgré ta peau qui se ride et ton cœur qui s'essouffle. Par la suite, tu écriras pour Serge une vingtaine de textes. Certains après-midi, les vieux gamins se retrouvent. J'ai douze ans. Je reste discret dans un coin du salon. J'espionne. Le héros du film *Casque d'or* est de passage à la maison. Tu lui montres des départs de textes. Il te donne rapidement son avis. Je suis au cœur de ta création.

Étais-je là le jour où tu lui as présenté ces mots pour *Rupture* ?

Je crois qu'il vaut mieux
S'aimer un peu moins
Qu'on s'aimait nous deux
C'était merveilleux
Ton cœur et le mien
C'était un grand feu
C'était une flamme
Jusqu'au fond de l'âme

Je ne comprends rien, bien sûr, au sens de ces paroles. Je suis dans ma vie toute neuve, pleine d'espoir et d'illusions. Aujourd'hui, je peux les chanter pour illustrer notre séparation. Il repasse souvent dans ma tête, ce couplet écrit pour l'album *Dalida chante les grands auteurs* :

Une vie
C'est un instant, c'est une éternité
Une vie
C'est minuscule et c'est illimité

C'est étonnant, ce contraste entre nos possibilités

et la réalité de nos existences, notre petitesse et notre talent poétique, notre position devant les forces de l'univers entre le néant et l'infini, le fait que nous puissions être emplis de la magie de la nature et à la fois vulnérables comme des fourmis. Il n'y a rien à comprendre à part jouir de la vie, boire du vin, écrire des vers et rire entre amis. C'est étrange à quel point ta disparition, justement, m'a laissé un goût de néant et d'infini. Un peu plus loin dans cette chanson, *Une vie*, la voix sensuelle de Dalida nous enrobe et nous entraîne :

Mon amour
Que c'est beau
Les oiseaux
Du matin
Sur tes lèvres

Je relis ce couplet écrit avec un stylo-feutre Tempo. Tu en avais de toutes les couleurs. Je regarde tes brouillons, raturés d'arcs-en-ciel. Sur ce papier blanc, combien de fois as-tu posé ces mots : « roses », « ciel bleu », « oiseaux qui s'envolent », pour traduire ton émerveillement permanent ! Tu as beau être sous terre, cette vision du monde, tu l'as laissée dans mes yeux. Je ne me lasse jamais de regarder. La perfection d'un envol, d'une émotion, je ne pourrai jamais m'en passer. Il n'y a aucune candeur dans tes pensées, seulement l'unique volonté d'arracher la beauté aux salissures. C'est ce que tu as fait mille fois, écrit et réécrit, chanté et rechanté. Transmettre un peu d'amour et de poésie, à quoi puis-je servir d'autre ? Que puis-je espérer d'autre pour Julien et Hugo, sinon qu'ils puissent également un jour le faire à leur tour, même sans écriture, à leur manière, du moment que cela vient du cœur ?

Je me promène sur les terres d'Agrigente, en Sicile. Il y souffle un vent léger. Les ruines de cette cité grecque, l'une des plus importantes du monde antique, surplombent la mer. Le spectacle éblouit. Cette vallée des temples, en pente douce, à l'ambiance apaisante, me semble familière. L'âme légère, à flanc de colline, il n'y a qu'à tendre la main pour caresser un amandier, un pistachier. Voilà trois ans que tu es parti. Il a fallu apprendre à se détacher. Je me suis éloigné peu à peu de la peine. Une belle sérénité parcourt les allées. Je retrouve l'harmonie qui avait disparu de mon esprit en contemplant ces pierres restées intactes depuis plus de deux mille ans. Des oliviers aux reflets argentés, qui semblent venus d'un autre temps, règnent encore, calmes et silencieux. Une lumière éternelle les enrobe.

As-tu eu toi aussi le désir profond de rejoindre un espace merveilleux, lorsque tu as voulu demeurer seul dans la canicule de 2003 ? Cette pensée m'accompagne, quand soudain j'aperçois à travers les branches d'un arbre le temple de la Concorde, édifié en 430 avant notre ère. Malgré quelques échafaudages, il trône, devant moi, parfait, modeste. Les rameaux embellissent sa silhouette.

Sur la feuille quadrillée d'un cahier d'écolier, je retrouve ces quelques lignes : « *Aujourd'hui, j'ai cinquante ans. C'est un âge où l'on peut jeter un coup d'œil derrière son épaule et, si cela en vaut la peine, en faire part aux amis. Il y a eu des vies plus formidables, célèbres ou obscures, mais je crois tout de même que la mienne vaut la peine d'être contée.* » Comme à l'accoutumée, il n'y a pas de suite. Je commence à être habitué. Au dos d'une carte de visite, je peux lire : « *Aujourd'hui, j'ai soixante-dix ans. Il faut que je me raconte. Je dois me souvenir pour ma femme, au risque de l'irriter, pour mon fils afin qu'il sache, pour les autres, si cela peut les intéresser. Autant commencer par le commencement.* » Cela me fascine, tous ces commencements, une fois tous les vingt ans. Tu réussis pourtant de temps en temps à avoir davantage de lucidité sur l'écriture de ce livre, sans cesse repoussée à demain : « *J'ai toujours su que je devais écrire, mais je viens seulement de comprendre pourquoi j'ai attendu si longtemps. Il fallait que je me corrige, que je m'accepte, que je me convienne, que je m'aime un peu moins (à développer.). À présent, je suis, me semble-t-il, plus estimable, plus aimable, que je me porte beaucoup moins d'intérêt. Ange déchu, maculé de fange, j'avais sans cesse à mon égard une infinie tendresse.* » Il n'y a jamais eu le développement prévu.

Tu es donc devenu un personnage de roman, avec cette histoire écrite à quatre mains. L'as-tu fait exprès ? Pourquoi n'as-tu rien trié avant ce voyage ? Tes archives dormaient, légèrement en désordre. Je l'admets, tu ne connaissais pas l'heure du départ. Mais tout de même, tu aurais pu au moins commencer. Je t'écoute me dire : « Arrête, ce livre est ridicule ! », mais je t'entends revenir vers moi après avoir réfléchi pour ajouter : « Finalement, tu as peut-être raison de le faire. » Dans ton bureau, tu m'as laissé tant de choses, des documents de toutes sortes. N'était-ce pas une incitation ? Tu avais gardé tant de cassettes audio. Sur leurs jaquettes, on y trouve mélodies, paroles à faire. Il m'est arrivé d'écouter des soixante-dix-huit tours. Ils grésillent de souvenirs. J'ai même rencontré un jeune homme, Matthieu Moulin, qui connaissait la majorité de tes premières chansons, celles que tu devais peut-être avoir oubliées toi-même. Nous les avons écoutées dans la nuit de Pigalle, rue des Martyrs, en buvant quelques verres de vin blanc. Il les a réunies pour une compilation qui est désormais dans le commerce, *Les Chansons de ma jeunesse*. Ce fut une belle soirée. Tu as même ton site sur Internet. Toi qui n'as jamais fréquenté le Web, tu t'en moques un peu, mais il paraît que c'est important aujourd'hui. Il reste encore toutes ces bandes magnétiques, ces interviews, ces enregistrements ratés qui n'ont jamais été publiés. Étaient-ils si mauvais ? Il faudrait disposer d'un magnétophone qui puisse encore les lire et de semaines entières pour les écouter. Arrêtons-nous là. Je ne veux pas passer ma vie à remonter le temps. J'entends Julien et Hugo qui pétaradent dans l'escalier. Ils sont si bruyants. Il est loin le temps où ils dormaient silencieux dans mes bras. Je m'énerve. Hugo vient m'embrasser soudain. Il me dit : « Pardon papa, je ne recommencerai pas, je t'aime de tout mon cœur. » C'est imparable. Je me calme.

Je nous revois sur la côte normande. Nous écumons tous les tournois de tennis entre Arromanches et Honfleur, Ouistreham et Cabourg. Tu m'accompagnes avec une telle dévotion, vis à mon rythme de champion en herbe, me prépares psychologiquement, assistes discrètement derrière les grillages à tous mes efforts, sembles si déçu lorsque je rate une balle facile, si fier lorsque je remporte un tournoi. On te demande si c'est bien toi qui as écrit autant de succès. Tu évites toujours la conversation, comme si parler de ta carrière te dérangeait. Il ne s'agit pas que de modestie. Je suis devenu le centre de ta vie. Lorsqu'on te dit que mon coup droit croisé fait des ravages, ton regard brille davantage que pour toutes les lumières du music-hall. Je cours dans la campagne. J'ai environ treize ans, je m'entraîne pour ces fameux matchs. Tu me suis dans ta Renault R16. Tu avais les moyens d'acquérir des voitures plus luxueuses, comme dans ta jeunesse, mais tu préférais désormais rouler français. Tu avais gardé pour tes belles années les longues décapotables. Qu'est-ce que tu l'as aimée, la France ! Tu en as même fait une chanson, *Un air de France*, sur une mélodie veloutée d'Henri Salvador, en hommage à ces ritournelles bien de chez nous, « *qu'on reconnaît / comme un Matisse, comme un Monet* ». Elle a été reprise en chœur par une partie des maires de l'Hexagone réunis autour de Jacques Chirac, qui la chantait haut et fort au Palais des Congrès, à Paris.

Tu m'accompagnes, comme un vrai coach. À seize ans, je vois Yannick Noah au championnat de France Cadets-Juniors. Il bondit sur le court avec une agilité extraordinaire ; il n'y a aucune faiblesse dans son jeu. Je comprends aussitôt que je ne serai jamais un champion, comme lorsque tu as entendu pour la première fois la voix de Montand. Son timbre magique t'a fait comprendre que tu ne serais jamais un grand interprète. De toute façon, tant mieux. Aujourd'hui, je préfère les arbres et les livres.

Tu as le démon de midi. Pas pour une jeune femme, mais pour la scène. Tu approches de la soixantaine. Tu veux remonter sur les planches. Tu commences par de petits lieux. Dans *France-Soir*, une journaliste évoque ton charme un peu suranné, un peu enfantin. Un autre, dans *La Croix*, écrit que tu chantes avec nostalgie les vieux gamins qui s'en allaient à Saint-Germain-des-Prés, une rose rouge à la main. Dans *L'Humanité*, le chroniqueur souligne que reprendre sa carrière d'interprète, la cinquantaine bien dépassée, est une chose suffisamment rare pour être remarquée. Avec un grand sourire, tu offres à une trentaine de spectateurs un bouquet de succès d'un autre temps. D'ailleurs, les cabarets se nomment La Belle Époque ou La Villa d'Este. Tu as les cheveux longs, une chemise bleu roi au large col, des chaussures qui brillent. Je te trouve moins bien habillé que dans les années 1950, mais les temps changent, il n'y a rien à faire, il faut bien suivre le mouvement, même s'il ne vous correspond plus vraiment. Tu as même chanté au Jules-Verne, le prestigieux restaurant au deuxième étage de la tour Eiffel. Puis tu décides de te produire à Bobino, la mythique salle de concert de la rive gauche. Le jour de la première, la salle est comble ; il n'y a pratiquement que des invités. Mais le lendemain, les spectateurs sont bien moins nombreux pour t'applaudir. J'ai été déçu pour toi. Et pourtant, mes copains t'ont trouvé formidable. Ce tour de chant, tu l'avais déjà rodé en Estonie, en Ukraine, à Tachkent, Samarcande, jusqu'au fond de l'Ouzbékistan.

Tu avais fait plusieurs tournées en URSS. Lorsque j'avais sept ans, nous sommes partis tous les trois, Perla, toi et moi, à Moscou et à Saint-Pétersbourg qui s'appelait encore Leningrad. Tu écris en 1967 la chanson *Octobre*, qui sera interprétée par Gréco et Mouloudji pour les cinquante ans de la révolution russe. Tu y relates ce vent de liberté et d'égalité qui, en cet automne 1917, balaya les steppes de la Grande Russie, mais, hélas, l'espoir a depuis fait place à la dictature. Je viens de relire le passage de l'un de tes derniers entretiens : « Je suis pour la résurrection des utopies, car je pense qu'on en manque actuellement ! Il y en a une qui a capoté, et c'est bien dommage, parce que des gens qui étaient aux commandes l'ont dévoyée. » Cela deviendra le sujet d'une chanson pour Serge Reggiani : « *Enfants, soyez meilleurs que nous / On a raté à peu près tout* ». Sur une photographie, on te voit serrer la main de Youri Gagarine, lors de sa venue à Paris. Toi qui as écrit *Papa est un poète*, toi qui déclares dans cette chanson charmante que tu as rarement les pieds sur terre, que tout barbouillé de lune tu t'en vas dans les nuages cueillir des images, alors que Maman, elle, a les pieds bien sur terre, tu regardes ce héros droit dans les yeux, lui, le premier homme parti dans l'espace. Julien rêve parfois d'être un cosmonaute. Je lui ai montré la photo. Elle l'a fortement impressionné.

« *Je tends les bras vers le ciel, je voudrais rattraper ton âme pour la remettre dans ton corps, encore quelque temps, le temps de se dire un peu mieux adieu.* » Sur une feuille volante, je découvre encore cette pensée de toi. Quel vide, ce manque de paroles pour se dire au revoir. Moi aussi, je l'ai amèrement ressenti. C'est à cause de ce vide que j'ai écrit *Perla*, mon premier livre. Tu t'en es voulu de ne pas être allé la chercher le samedi à l'hôpital du Kremlin-Bicêtre. Était-ce un pressentiment ? Elle voulait sortir tout de suite, sans attendre la fin du traitement. Les psychiatres te l'avaient déconseillé. Tu as suivi leurs recommandations. Elle est partie, le dimanche, au petit matin. Elle a été découverte par un infirmier, inanimée.

C'est ce jour-là, je crois, que la plus belle partie de ton roman s'est achevée. Pour elle, tu as écrit également le début d'une chanson qui restera à jamais dans un tiroir : « *Tu m'as laissé seul, tout seul, un soubresaut / Par arrêt du cœur et le linceul.* » Après cette fin subite, tu commences à te plaindre davantage, à rester enfermé chez toi, à ressasser votre vie d'amour. Tu ne touches plus aux objets de peur de changer le passé merveilleux que vous avez traversé ensemble. Tu recopies comme moi des phrases d'écrivains qui résument parfaitement tes propres pensées. D'*À défaut de génie*, de l'écrivain juré du prix Goncourt François Nourissier, tu as extrait : « Tout ce que j'ai aimé de la tradition s'éloigne à vue d'œil et je ne saisis pas ce qui, probablement, a déjà commencé de le remplacer. » Dans tes notes, parfois, tu t'adresses directement à elle : « *La solitude est vraiment monotone. Voilà déjà deux ans que tu es partie. Les enfants, les amis sont gentils. Ils s'étonnent que je préfère souvent rester dans mon coin.* » Ton appartement n'était plus que le musée de votre vie ancienne et mourait lui aussi peu à peu. Pourtant, au fond de toi, il y avait encore de l'espoir. Tu as même trouvé un titre insolite et optimiste pour le livre que tu n'écriras jamais : « *Accroche-toi, Jeannot* ». Sur un bristol, je peux lire : « *Accroche-toi, Jeannot. La vie modeste et fabuleuse d'un petit garçon qui s'est brisé les ailes, mais qui s'est envolé quand même.* »

Tu as passé les dernières années de ta vie à t'ennuyer. Comment continuer à vivre, après l'amour, la déchirure, Perla au loin ? Le plus souvent, tu restais dans ton appartement à te plaindre. En vrac, tu ne parlais plus que de la poésie qui s'en va, de ces imbéciles que nous étions devenus dans cette société de consommation qui nous a eus, de la télévision, devenue si basse et si décevante, des parkings sans charme, de l'agression d'un monde moderne qui était si loin de ces déjeuners tranquilles au bord de la Marne, ceux qui te faisaient rêver aux toiles de Renoir ou aux tables de Maupassant. Je te suis parfois sur ce terrain-là, mais n'est-ce pas le regret de ta jeunesse qui te faisait débiter ce triste constat ? Sois honnête. Ce n'est pas toujours facile de voir son visage se dégrader peu à peu dans la glace. Tu en as fait une chanson, *Dans le miroir* :

Dans le miroir
Lorsque je scrute mon visage
Je vois de curieux paysages
Qui défilent sous le rasoir

Dans le miroir
Je vois des vallées et des plaines
Creusées par les joies et les peines
L'espérance ou le désespoir

Tu étais à l'abri du besoin, tu aurais même pu vivre dans le luxe. Tu ne faisais aucun voyage. Tu n'allais jamais au restaurant. Tu te contentais d'aller acheter ton journal dans un kiosque de l'avenue des Champs-Élysées. Ton trajet consistait à prendre la petite rue de Marignan, où tu rencontrais souvent une vieille connaissance et discutais quelques instants. Ta seule extravagance était d'acheter tes fruits en bas de chez toi, trois fois plus cher qu'ailleurs, mais tant pis, car tu ne voulais plus te déplacer, tu voulais vivre « peinard », comme dans cette chanson de Léo Ferré, peut-être la plus émouvante chanson française : *Avec le temps*. Et puis, parfois, quand subitement le moral te revenait le temps de quelques jours, tu t'en allais commettre une folie, comme t'acheter un imperméable chez Burberry ou une paire de chaussures sur mesure. Mais rien à faire, ta gaieté avait totalement disparu. Durant l'Occupation, tu étais plein d'espoir avec tes souliers usés. L'un de tes rares bonheurs était de continuer à rendre service. Il y avait toujours le fils d'un vieil ami, le cousin d'un fleuriste qui voulait se lancer dans la chanson. Tu étais indulgent, le recevais longtemps, le conseillais, l'aiguillais. Il y en a même un ou deux qui ont fait carrière. Malgré ton isolement, tu avais gardé une étonnante proximité avec certaines personnes que tu fréquentais. Tu avais toujours une marque d'attention. En retrait, tu savais pourtant être là au moment où il le fallait. Mais malgré cela, tu en avais assez de vivre. Tu as réussi à écrire cependant avec Michel Legrand le dernier album de Serge Reggiani, dans un chalet, à la montagne. Je me souviens de ton coup de fil, un soir, au milieu d'une séance de travail. Quelle surprise !

Galvanisé, tu n'avais plus la même voix, tu n'avais plus mal nulle part, tu faisais des choses extraordinaires avec Michel. Cela faisait plaisir à entendre. Et puis tu es revenu à Paris. Le disque n'a pas marché malgré les bonnes critiques. Cela t'a blessé. Tu y avais mis toutes tes dernières pensées, tes ultimes trouvailles. L'album a pris le nom de ta chanson testament, *Enfants, soyez meilleurs que nous*. Tout un programme. Pour ton fils, surtout. Quand je vois ton parcours, je comprends ce que tu as voulu m'éviter, ce dont tu as voulu me protéger. Tes efforts n'ont pas été vains.

Tu m'as laissé tes vêtements. Cela a été douloureux de les abandonner, ces complets dont tu avais déjà parlé dans *Le Vieux Costume* :

On a du mal à le quitter
On a peur des regrets posthumes
On l'a pourtant beaucoup porté
Le vieux costume

Je les ai dispersés. J'aime l'idée que des inconnus portent encore des bouts de ton âme, ces tissus que ton corps a épousés. J'ai gardé ton manteau en cachemire bleu nuit. Malheureusement, il est trop petit pour moi. Je le donnerai aux enfants quand ils seront plus grands. Il faut dire que tu savais être très élégant. Tu ne regardais pas à la dépense. Dans tes années de grands succès, tu allais chercher tes costumes sur mesure chez un grand couturier. Ces complets gris ou bleu marine, je les revois sur les clichés de ton mariage. Ils étaient éclatants, mais se sont démodés avec les années. Tu ne les portais plus depuis longtemps.

C'est le début des Trente Glorieuses. Les chansons illustrent l'insouciance. Tu commences une collaboration avec Jean Constantin, ce compositeur aux rythmes endiablés. Corpulent, moustachu et désopilant, il interprète ses chansons en s'accompagnant plein d'entrain au piano. Avec lui, tu écris *Ma petite rime* et *Fleur de papillon* ; cette dernière sera interprétée par la pétillante Annie Cordy. Dans l'un des refrains, tu t'amuses à dire :

Jolie fleur de pa-pa-pa
Jolie fleur de papillon
Un éditeur me happa
M'offrit un million
De ma fleur de pa-pa-pa
Qui devint un succès fou
On l'entendit pa-pa-pa
L'entendit partout

Je ne suis encore qu'un enfant et tu m'emmènes déjà dans les loges d'artistes pour lesquels tu écris. Ébloui, je découvre la comédie musicale *Hello Dolly*. Nous allons saluer Annie Cordy après le spectacle. Après de longs applaudissements, je suis étonné que tu la retrouves pour parler et plaisanter tout simplement, comme avec Mireille Mathieu, que nous avions rejointe en coulisses à l'Olympia.

Dans tes archives, je retrouve une lettre du poète Claude Roy. Tu lui avais adressé, des années plus tard, un recueil de textes poétiques pour qu'il le soumette aux Éditions Gallimard. Lui aussi semblait te respecter. Il t'a répondu qu'il regrettait que l'un des membres du comité de lecture, un peu rigide, ait écarté ton manuscrit, tout en le couvrant d'éloges, peut-être au prétexte que tu n'étais qu'un simple parolier. Il ajoute qu'il n'est pas sûr que tout finisse par des chansons, mais que, quand elles ont le charme et la grâce des tiennes, tout devrait commencer par là. Malgré ce refus décevant, cela me fait plaisir de lire cette lettre. D'ailleurs, je l'ai relu, ce dossier de présentation de tes textes. Je ne le trouve pas très bien conçu, je peux te le dire désormais, tu ne te vexeras plus. Il ne doit plus être question d'orgueil là où tu es ! Tu aurais pu mieux enchaîner tes chansons et tes poèmes inédits. Dans une autre lettre, Pierre Seghers, l'éditeur qui contribua à faire connaître de nombreux poètes français et étrangers auprès du grand public, te rassure également sur cet échec. Il te confirme que « *la poésie est nombreuse, elle est aussi bien chez Stéphane Mallarmé que chez Aristide Bruant, présente en toute chose, avec ses rythmes différents et ses inspirations qui viennent des sources les plus opposées* », tout en concluant sa missive par : « *De toute façon, vous êtes poète et c'est là l'essentiel.* »

Quelques jours avant ta mort, tu reçois le grade de commandeur des Arts et des Lettres. J'ai déposé la médaille sur ton cercueil. Ce fut un moment très solennel, mais il fallait le faire. Tu n'étais pas du genre à les convoiter, mais ces marques d'honneur te faisaient plaisir, malgré tout. Ton cercueil a traversé l'église de Chaillot. Lorsque je l'ai vu avancer lentement vers moi, quel moment terrible, tu sais. Toi, dans ce dernier costume en bois. La plupart de tes amis étaient là. Je suis monté à l'autel pour prononcer un discours. Il n'y avait pas de micro. Seuls les premiers rangs l'ont entendu. Les autres n'avaient pas besoin de mots. L'expression de mon visage devait être suffisamment éloquente. Ensuite, il y a eu la longue cérémonie des condoléances. La scène m'a semblé durer des heures. Les larmes coulaient sur les visages de proches sincèrement attristés. Ils te portaient dans leur cœur. Je me suis rendu compte à quel point on t'aimait.

Après l'église de Chaillot, nous nous sommes rendus à Pantin. Nous étions moins nombreux. Tu es allé rejoindre Perla, ta femme, Nacha, sa sœur, ton père et ta mère. Nous avons traversé l'allée des Chênes-de-Rome. Depuis l'enterrement de Perla, elle n'avait pas changé. Il n'y avait que de la pierre, du silence à l'écart de la cité. Le temps était lourd, l'ambiance, pesante. Deux hommes ont descendu lentement ton cercueil. Nous nous sommes tous regardés tristement. Nous nous sommes pris dans les bras, sans trop savoir quoi dire. Nous nous sommes dispersés. « Une fois que la terre a recouvert les morts, un homme choisi par la cité, qui passe pour n'être pas sans distinction intellectuelle et jouit d'une estime éminente, prononce un éloge approprié ; après quoi l'on se retire », a écrit l'historien Thucydide. « Après quoi l'on se retire ».

Comme cette phrase sonne juste et me rappelle le vide après la fin de la cérémonie. Selon l'helléniste et historienne Nicole Loraux, un certain genre d'oraison funèbre, l'*epitáphioi*, serait né à Athènes. Cet éloge est bien plus qu'une plainte : c'est un thrène, un chant qui efface les pleurs pour laisser place à un souvenir immortel. Écrit et récité par un aède, seule sa dimension poétique peut y parvenir. Voilà donc ce que j'ai essayé d'écrire depuis des mois : un *epitáphioi*, pour que tu ne disparaisses pas dans la nuit des temps sans laisser de traces. Il ne s'agit que de mots bien évidemment, mais je n'ai rien trouvé de mieux pour que l'on se souvienne encore un peu de toi.

Je suis rentré chez moi. Ma boîte aux lettres a commencé à se remplir chaque jour davantage. J'ai reçu des témoignages de toutes sortes. Le ministre de la Culture m'a envoyé un télégramme pour me dire que tes chansons étaient entrées dans l'histoire. J'ai reçu de longues lettres d'intimes, des petites cartes de personnes plus éloignées ou que l'on n'avait pas revues depuis très longtemps, comme cette dame qui m'avait gardé lorsque j'étais enfant. Cette correspondance, je la conserve au milieu des faire-part de décès, de naissance et de mariage dans une boîte japonaise, en carton beige clair, cela leur donne un côté plus zen. Elle est bien remplie.

Je suis allé dans ta cave. Je devais la débarrasser. Elle était pratiquement vide. Un tapis enroulé, une chaise trouée. Dans une malle en osier, humide, déglinguée, je découvre de vieilles partitions avec quelques-unes de tes chansons. Sur l'une d'elles, je relis les mots d'*Un ami s'en est allé* :

Un ami s'en est allé
Il a fui cette vallée de larmes
Un ami va reposer
Ce soir, il a déposé les armes

Aujourd'hui, l'ami, c'est toi. Une larme monte. Je continue d'explorer la malle et tombe sur la partition d'*Oum le dauphin* :

On l'appelle Oum le dauphin
Dans son royaume aquatique
On se raconte sans fin
Ses exploits fantastiques

Je souris désormais. Je revois ce dessin animé dans ma tête. J'avais treize ans. Il fallait que je vienne fouiller dans ces souterrains. Je retrouve le papier à en-tête des éditions musicales que tu avais montées au fond d'une cour de la rue François-Ier, près des Champs-Élysées : « Dréjac Éditions musicales ». Elles ont disparu rapidement. Trop d'investissements. Pas assez de recettes. Tu as voulu jouer à l'éditeur. Tenir des comptes. Cela ne te ressemblait pas. Tu les as mal tenus. Tu avais besoin d'argent pour payer quelques dettes, rattraper un retard d'impôts, te refaire comme au temps du casino. Tu organises à grands frais un cocktail au night-club Chez Régine pour lancer *Comédien*, la dernière chanson de Gloria Lasso, mais qui ne marchera pas. Elle n'était pas si mal pourtant, cette chanson, mais pas extraordinaire, c'est vrai. Je découvre l'invitation. Pourquoi ressortir des malles de tels détails ? Je t'entends me parler au fond de moi. Sûrement parce que les détails dans les livres sont bien plus importants que les grandes idées, bien plus révélateurs. Ils nous conduisent à l'essentiel, à la source, là où il n'y a plus d'apparat. De cette époque, il ne me reste plus que ces liasses de papier humide. Je m'aperçois que tu as édité les premières chansons de Serge Lama, des kyrielles d'instrumentaux pour les orchestres de bal de l'époque. Leurs mélodies vont disparaître à jamais dans une poubelle d'immeuble. Ainsi va la vie. Trois petites notes et puis s'en vont.

INVITATION

cette carte est personnelle et sera demandée à l'entrée

Jean Dréjac et Philippe-Gérard
vous invitent à prendre le verre de l'amitié
Chez Régine
1, rue du Four, Paris VIe
le 11 Décembre 1961 de 18 à 21 heures
en compagnie de
Gloria Lasso
Gilbert Roussel Jerry Mengo
et
Gérard Côte René Vanneste
directeurs artistiques Pathé-Marconi

Il faut du temps pour transformer sa personnalité. Je ne savais pas que tu avais commandé une étude astrologique. Selon cette étude, tu viens de décider le plan entier de ta vie, ses conditions générales. Quelle précision ! Toi qui ne croyais pas beaucoup en cet art divinatoire, je me demande ce qui a bien pu te tenter. Il est aussi indiqué : « *Il faut se souvenir que les planètes ne nous régissent pas, mais qu'elles sont des signaux de circulation au long de la route qui nous disent quand avancer, quand s'arrêter et comment se détourner.* » Cette conclusion me paraît un peu légère, mais peut-être y a-t-il, malgré tout, une part de vérité ; les astres ont probablement de l'influence sur nous… Qui sait ? Cette année 1956 a été importante pour toi, car quelques mois plus tard tu changes radicalement. Tu as reçu également une analyse graphologique. Son esquisse précise que tu as une créativité profonde et sensible. Cela n'était pas très difficile à établir si cette graphologue connaissait ton parcours. Je tombe ensuite sur des choses plus intéressantes. Tes sens sont développés. Le sentiment pour toi est plus fort que la pensée rationnelle et pèse sur tes décisions. Tu subis ainsi des émotions fortes, des tensions, mais tu arrives à supporter toutes tes frustrations par la joie sans bornes de te projeter dans ta création. Tu es sympathique et généreux, ton écriture respire la jeunesse, la spontanéité, l'entrain. Tu ne te prends pas pour un génie, mais tu te sens investi d'une mission. Je ne sais pas si cela t'a coûté cher, mais elles sont jolies, ces phrases. Elles ne m'apprennent pas grand-chose de nouveau sur toi, mais cette notion de modestie et de mission me paraît juste. Je crois d'ailleurs même que ces comptes rendus t'ont été offerts, pour le plaisir d'une correspondance avec toi. J'ai eu la joie de les découvrir aujourd'hui.

Les souvenirs n'arrivent jamais dans l'ordre. Des images m'envahissent. Cet homme qui marche sur la Lune, dans ma première nuit blanche à huit ans, ces soirées où les Verts faisaient vibrer le père et l'enfant, ta grosse voix et ces punitions lorsque je répandais trop de colère dans notre maison, *Le Grand Échiquier* avec Georges Brassens et Raymond Devos, tes frères de poésie, et toi qui t'enflammes et te lèves lorsqu'un comédien lit un passage de Victor Hugo qui t'éblouit, je revois tout encore. Björn Borg remportant devant nous à l'arraché, à dix-huit ans, le tournoi de Roland-Garros ; ces falaises d'Arromanches où tu me photographies posant fièrement dans ma tenue blanche de champion en herbe ; ces couchers de soleil sur la Méditerranée, la neige qui tombe sur Saint-Pétersbourg, la pluie si douce sur la Normandie, le vent qui soulève le sable dans le désert marocain ; toutes ces merveilles, nous les avons admirées, ressenties ensemble. Nos folles équipées dans ma première voiture, cette Peugeot 104 achetée d'occasion. Je me demande encore comment elle a pu nous emmener jusqu'à la Côte d'Azur. Tu chantais rien que pour moi tout au long de l'interminable Route Napoléon. Nos fous rires lorsque tu reprenais ton rôle d'amuseur avec des blagues qui n'appartenaient qu'à toi et qui me font sourire encore. En 1968, aux Jeux olympiques d'hiver de Grenoble, je vois Jean-Claude Killy triompher à trois reprises. Lorsque je descends les pistes à mon tour, je me prends pour une flèche avec ce casque dont j'avais tant rêvé et que tu m'as offert. Je ne peux plus, hélas, te demander ce qu'il est devenu. Peu importe, tu ne le savais sûrement pas non plus. L'un des derniers concerts de Ferré à Sète et le récital de Trenet à l'Opéra Bastille pour ses quatre-vingts ans, tu t'en souviens ? Nous l'avons applaudi ensemble, ton idole qui tenait toujours aussi bien son rôle de « fou chantant ». Je repense à ces heures plus tristes où je viens vous rejoindre à Ramatuelle. Vous prenez avec Perla quelques jours de soleil. Elle est tantôt bien, tantôt mal. Il y a ces heures gâchées par nos obligations, nos erreurs, nos mauvaises humeurs. Il est trop tard. Pourquoi faut-il attendre la séparation pour se dire les mots qu'il faut ? J'ai dans la tête ces cérémonies où l'on te remet des décorations – la médaille du Mérite, la Légion d'honneur. Je pose à côté de toi en te tenant par l'épaule. Je revois ce prêtre qui nous marie avec Véronique, et toi, si ému, dans cette église d'Urrugne au Pays basque. Je revois les chapelles blanches aux coupoles bleues, les maisons roses et mauves qui se fondent dans la lumière d'Oia, le village sur l'île de Santorin, où je me promène le soir où tu nous quittes. Du haut des falaises, je suis comme dans un temple, à m'émerveiller de cette Méditerranée, si bleue, si belle, immortelle. Je garde en moi ce panorama d'un autre temps. La magie du crépuscule s'empare de moi.

Le lendemain, à Athènes, j'apprends la terrible nouvelle de t'avoir perdu. Il me reste des clichés de ces visions. Toutes ces images colorées, je te l'ai déjà dit, je les ai rangées dans une boîte en carton. Elles dorment sur du papier brillant, dans une commode de mon salon. Je viens de temps en temps m'y plonger, avec plus de bonheur que de nostalgie, car, finalement, le principal est que ces moments magiques aient vraiment existé.

En 1994, j'ai eu la joie d'organiser un spectacle à l'Olympia pour célébrer tes cinquante ans de chanson. La plupart de tes amis chanteurs encore vivants sont venus participer à cette fête : Michel Legrand, Henri Salvador, Marcel Amont, et des artistes de la nouvelle génération. La soirée est présentée par Pierre Tchernia. Je suis mort de trac, peut-être plus encore que toi. Dans sa loge, pour détendre l'atmosphère, Salvador me raconte une blague, suivie de son rire légendaire. À la fin du spectacle, tu as eu le droit à une *standing ovation*. Tu es monté sur la scène, avec ta veste bleue, celle que tu préférais, et tu as salué humblement le public, les larmes aux yeux. Cela m'a rendu si heureux pour toi, même si mon seul regret fut que Perla, en pleine dépression, n'ait pu être avec nous.

Pour cette occasion, tu as enregistré un album, réunissant tes plus grands succès. La maison de disques avait décidé de l'intituler *Les Grands Crus de la chanson française*. Toi qui commençais à vivre en compagnie d'une insistante nostalgie, tu as retrouvé ta voix de jeune homme pour interpréter tes succès, ce que tu n'avais encore jamais fait. Sur la pochette, nous avons fait figurer ton portrait, dessiné avec un simple trait, à la façon de Cocteau. Ce portrait a été utilisé pour une affiche exposée sur les mâts-drapeaux, supports de publicité dans la plupart des quartiers de Paris. Pour s'associer à l'événement, le célèbre traiteur Fauchon avait mis à notre disposition cinq cents bouteilles de vin blanc, avec une étiquette spéciale, destinées au cocktail à l'issue du spectacle. Je repense avec émotion à ces instants qui appartiennent désormais à une autre vie. En continuant à parcourir ton courrier, je découvre en souriant que Gilbert Bécaud, qui n'avait pas pu venir, t'avait envoyé une lettre écrite au feutre rouge : « *Mon admiration, mon amitié, ma fidélité. Te voilà à mi-chemin de ta carrière. Après tout cinquante, ce n'est que la moitié de cent* », et avec en post-scriptum : « *Rendez-vous au Bar Romain en 2044, le premier arrivé attend l'autre…* », ce restaurant où les artistes se retrouvaient, à quelques pas du théâtre. Aujourd'hui, cette date ne semble plus si lointaine.

Ce n'est pas le premier ni le dernier hommage qui t'a été rendu. Deux ans auparavant, la Ville de Nanterre a organisé un beau spectacle. Tu as été aussi mis à l'honneur à deux reprises à Grenoble, ta ville natale. Tu étais heureux de venir chanter dans le Jardin de Ville où, enfant, tu allais jouer. Le dernier de ces hommages fut organisé à la SACEM pour la remise du Grand Prix de la chanson française. Michel Legrand avait fait l'aller-retour depuis la Russie où il était en tournée pour venir te célébrer. Il tenait à être présent et à chanter pour toi.

Je suis en train de lire quelques pages de mythologie. Véronique dort ; Hugo aussi. Je suis distrait par Julien qui teste un nouveau jouet. Mes pensées s'évadent. Je viens de quitter des lambeaux d'une vie ancienne. Bien que tu sois parti, nous sommes encore près l'un de l'autre. Je ne suis pas loin de terminer ton roman, désormais. Je me pose pourtant parfois des questions sur la véracité de mes propos. J'ai vu tant d'erreurs écrites sur ta vie. Elles se recopient de biographie en biographie. On ne sait presque rien des philosophes grecs et pourtant on a raconté leur vie. Des approximations écrites noir sur blanc par quelques dizaines d'auteurs deviennent des vérités officielles et sont inlassablement répétées. Je m'aperçois du pouvoir que tu m'as laissé. Ne t'inquiète pas. J'ai voulu te décrire comme tu étais vraiment, parfois avec nostalgie, parfois avec un peu de dérision. Certains passages de ton existence ont peut-être été oubliés, je ne les connais pas tous, mais j'ai essayé de rester le plus fidèle possible à ton image.

Désormais, je reprends ma route. Je vais bientôt tourner la page. Orphée avait épousé Eurydice. À sa mort, pris de folie, il rejoignit l'Hadès et fut autorisé à la ramener dans le monde des vivants. Il n'y avait qu'une seule condition à cette faveur des dieux : de retour sur terre, il ne devait pas se retourner en direction du royaume des morts. Mais, à la dernière barrière, Orphée se retourna pour voir si son épouse le suivait. Il fut condamné à la voir disparaître pour toujours dans le monde souterrain. Les dieux voulurent lui faire comprendre que, malgré ses grands talents artistiques, il n'était qu'un simple mortel. Orphée, si talentueux, n'a jamais eu le pouvoir des dieux, celui de ressusciter. J'aurai beau tenter d'écrire le plus beau livre possible, je ne te ferai jamais revenir.

Je suis réveillé par une nouvelle mélodie. Elle n'a qu'une seule note. Sur cette note, une seule syllabe sanskrite: *Om*. On dit que ce son contient tout l'univers. Il traverse la fenêtre de notre cuisine qui donne directement sur ma chambre. Je l'entends presque tous les matins. Tu cherches un nouvel éveil. L'homme d'avant ne t'intéresse plus. À travers cette fenêtre, tu te tournes vers l'intelligible, tentes de te relier à quelque chose de plus grand, abandonnes tes premiers besoins orientés vers le sensible. Si l'âme est immortelle, nous n'avons qu'un seul but : la rendre la meilleure possible. « Le bonheur n'est pas dans le fait d'avoir acquis une foule de choses, mais plutôt dans la manière dont l'âme est disposée. » Ces mots d'Aristote pourraient résumer la fin de ta vie. Cela fait bien longtemps que le matériel, l'apparat ne t'intéressent plus. Tu ne cherches plus qu'une chose, l'amélioration de ton être.

Platon a divisé l'âme en trois parties. La première est celle de l'agressivité ; la deuxième, celle du désir. Elles sont mortelles. Tu les as déjà bien exploitées. J'aime penser à ton évolution. Toi qui as été assez brouillon dans tes premières années, avec tes histoires de casinos, d'alcool, de bagarres, et pourtant si précis dans ta poésie, tu as voulu changer, presque du tout au tout, et tu y es parvenu. Le Jean de la fin de sa vie n'est plus le même. Il se préoccupe désormais de la troisième partie, divine, celle qui est immortelle. J'assiste un jour à une cérémonie cathartique. À cinquante-cinq ans, un cigare à la bouche, un verre d'alcool devant toi, je t'ai entendu faire ce serment : « Ne plus boire une goutte d'alcool, ne plus jamais fumer. » Tu l'as scrupuleusement respecté, pour des raisons de santé essentiellement, bien sûr, mais tu as aussi cherché ce que les orphiques appelaient la *catharsis*, le détachement des sens. Cela ne t'empêche pas d'écrire souvent ton enivrement devant la beauté des choses, le coucher de soleil ou le parfum des roses, mais tu es devenu un peu philosophe. Le philosophe ne craint pas la mort : il ne la subit pas, il la cherche. N'est-ce pas finalement ce que tu as fait, en voulant rester dans ta solitude, à Paris, malgré nos propositions de distractions avec Véronique ou tes amis ? La désirais-tu au moment où elle t'a emporté ou voulais-tu encore continuer à vivre, à garder en toi encore un peu cette petite flamme que tu aimais tant ? Elle est inéluctable, cette évolution de nos besoins au fil des ans, cet appel du mouvement, galipettes et toboggans, ce désir sexuel qui le remplace, l'ambition, la préoccupation de l'argent, puis, un jour, cette fracture de l'âme, cette attirance pour le divin. La vision de ton parcours m'a fait gagner des années même si la majeure partie de l'expérience ne se transmet pas. Il faut suivre son propre chemin, faire ses faux pas avant de se trouver. Tu y as mis une telle conviction, cependant, que j'ai hérité de nombreux bouts de cette métamorphose. Elle n'est pas banale, ta vie. Tu as connu progressivement un élan catholique, puis poétique, parfois même un peu politique et, pour terminer, mystique : une existence singulière. Une vie peut être plus ou moins réussie, mais c'est surtout sa singularité qui la rend belle.

Assez de nostalgie. Je vais retenir les paroles du roi à son beau-fils Hamlet : « *Mais, rappelez-vous-le, votre père avait perdu son père, celui-ci avait perdu le sien.* » Shakespeare était pour toi le plus grand. J'ai retrouvé une citation de lui sur ton bureau. Je l'ai mise en exergue de ce livre.

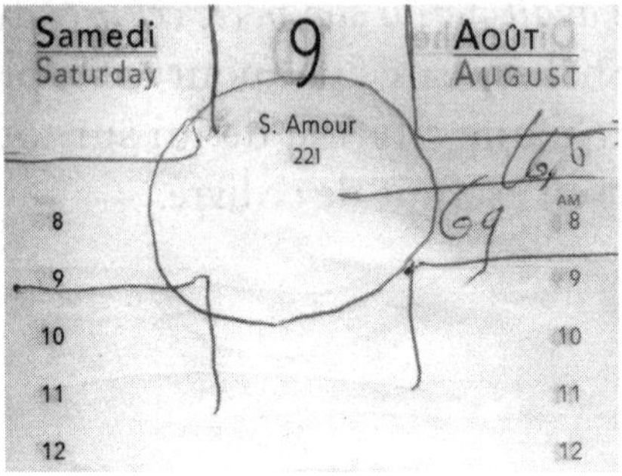

« *Perdu dans le labyrinthe de ce monde et de ces plaintes, je retrouverai un jour la porte d'amour.* » Ton attirance pour cette porte d'amour me surprend. Que représentait-elle pour toi exactement ? Figure-toi que je viens de m'apercevoir que tu es parti le jour de la Saint-Amour. Tu avais même entouré ces mots sur ton agenda, le matin de ta mort, sans savoir que c'était la dernière fois que tu prenais ta plume. Que dois-je voir dans ce cercle autour de cette fête ? Quelle leçon dois-je en tirer ? Le message n'est-il pas que je dois tenter d'aimer encore davantage ma femme, mes enfants, mes proches, mes amis, les gens que je croise tous les jours ? Il faut atteindre l'amour impartial, disent les plus éveillés, apprendre à aimer, même ceux qui médisent de nous, ceux qui nous veulent du mal. Le chemin est difficile pour tous. Et pourtant, certains l'ont déjà parcouru. J'éprouve un désir permanent d'amélioration, et lorsqu'on progresse légèrement, on s'aperçoit que la route devant nous s'étire sans fin. Le nombre « 69 » indique ton poids avant de partir, celui de ton corps. Je l'ai gardé, ce pèse-personne. Il n'indique pas le poids de l'âme. Je n'aurai jamais fini d'apprendre. La fragilité des choses surtout, leur beauté, leur absurdité. Merci pour ce message étonnant, le plus brillant de ta carrière, sans aucun mot et surtout sans le faire exprès. Je m'en souviendrai afin d'essayer de donner à Julien et Hugo autant d'amour que j'en ai reçu de toi.

J'espère que tu te promènes aux champs Élysées. Je ne parle pas de la célèbre avenue, bien sûr, mais de ce lieu de la mythologie grecque qui se situe derrière le monde des Enfers, derrière l'Érèbe et le Tartare. Pour y accéder, à ces champs Élysées, il est écrit qu'il faut boire l'eau du fleuve Léthé. Elle nous offre l'oubli des peines de notre vie terrestre et nous permet d'accéder à l'autre rive où le printemps est éternel, où les rivières chantent à travers les plaines, où le ciel est pur, où les hommes vivent sans ennui ni souci. Les disparus ont tout le temps de s'adonner à leurs activités préférées ; ils se prélassent sur des pelouses incroyablement douces ; les oiseaux chantent des mélodies divines ; la lumière ne s'y éteint jamais. Ces champs Élysées, tu as passé ta vie à les évoquer dans tes chansons. Sont-ils aussi beaux que tu les avais imaginés ?

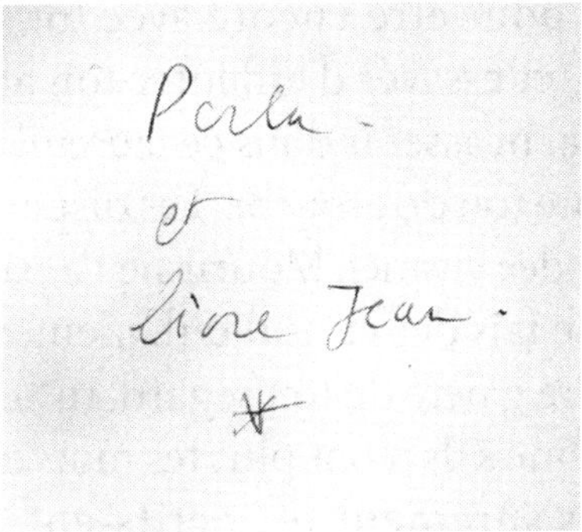

Je viens de terminer ton livre après avoir écrit celui de Perla. Tu vois, tu n'auras pas porté en vain ces titres sur la couverture d'un dossier. J'ai remplacé « Livre Jean » par « Le Roman de Jean ». Je l'ai composé avec quelques éclats de ta vie. C'est un écrit de rupture et d'attachement en même temps. J'ai employé le mot « roman », mais je trouve que le terme *Seelenbiographie*, « biographie d'une âme », employé par l'écrivain Hermann Hesse, conviendrait aussi. Ton âme ici-bas et dans l'au-delà.

J'ai gardé ton bureau. J'attends depuis des mois d'aller le récupérer au garde-meuble. Son cuir est élimé. Cela le rend encore plus beau. L'usure contient ta vie. Je le caresserai, ce cuir, du bout des doigts, pour être encore avec toi, mais d'une autre façon, et essayer d'effleurer ton âme qui s'est envolée. J'irai m'asseoir dans ce fauteuil de paille où repose encore ton dos courbé. Les disparus dorment à l'intérieur des vivants. Mourir ne t'a pas fait disparaître. Tu me fais des clins d'œil, même si je ne vois plus la tendre gaieté de ton regard, tu accompagnes tes amis, même s'ils n'ont plus tes mots enchanteurs, tu protèges sûrement tes petits-enfants, même s'ils ne sentent plus sur leur joue la caresse de tes lèvres délicates. Hugo et Julien m'ont accompagné à Pantin pour la première fois. Naturellement, ils ont caressé votre tombe. Hugo m'a dit : « C'est trop triste » et Julien a ajouté : « Qu'est-ce qu'on ressent quand on est mort ? » Qu'aurais-je dû lui répondre ? Au début de l'Antiquité, les Grecs croyaient que les morts vivaient encore dans leurs tombeaux. Nous sommes allés voir Marcelle, la charmante vendeuse de stèles et de fleurs à qui tu rendais visite de temps en temps. Peut-être avait-elle un avis ? Je ne lui ai pas demandé. Nous nous sommes contentés de parler de pierres tombales et de géraniums. Mais, pardonne-moi, je dois te quitter. Les enfants m'attendent pour jouer maintenant.

ANNEXES

CRÉDITS DES CHANSONS

Page 39 : *Les Quais de la Seine*, paroles de Jean Dréjac, musique de Jean Dréjac et André Lodge © Éditions Métropolitaines

Page 50 : *Sous le ciel de Paris*, paroles de Jean Dréjac, musique d'Hubert Giraud © Première Music Group – Catalogue Éditions Choudens

Page 63 : *Le Chemin des forains*, paroles de Jean Dréjac, musique d'Henri Sauguet © Éditions Salabert – Universal Music Publishing

Page 64 : *Ma muse*, paroles et musique de Jean Dréjac © DB éditions musicales

Page 65 : *Ah ! le petit vin blanc*, paroles de Jean Dréjac, musique de Charles Borel-Clerc © Les Nouvelles Éditions Méridian

Page 77 : *La première fois que je suis né*, paroles de Jean Dréjac, musique de Michel Legrand © Éditions Do Dièse/Universal Music Publishing France

Page 88 : *À l'enterrement de mes illusions*, paroles de Jean Dréjac, musique de Michel Legrand © Warner Chappell Music France

Page 90 : *Au bal de ma banlieue*, paroles de Jean Dréjac, musique de Georges Ulmer et Bob Calfati © Sony Music Publishing France

Page 91 : *Au revoir*, paroles de Jean Dréjac, musique de Fred Freed © Sony Music Publishing France

Page 97 : *Comme elle est longue à mourir ma jeunesse*, paroles de Jean Dréjac, musique de Michel Legrand © Warner Chappell Music France

Page 98 : *Rupture*, paroles de Jean Dréjac, musique de Michel Legrand © Warner Chappell Music France

Poesis remercie tous les éditeurs de ces chansons pour leur
aimable autorisation.

CRÉDITS PHOTOGRAPHIQUES

Collection personnelle Brun-Dréjac

Page 11 Brouillon de Jean Dréjac
Page 13 Gravure de Grenoble en 1779
Page 19 Jean Dréjac à dix ans environ
Page 29 Premier costume de scène
Page 34 Affiche du Concert Mayol
Page 35 Jean Dréjac au début des années 1940 – Photo Harcourt
Page 43 Note de Jean Dréjac
Page 46 Jean Dréjac autour de 1949
Page 47 Dessin de Jean Cocteau
Page 51 Manuscrit de *Sous le ciel de Paris*
Page 59 Partition de *L'Homme à la moto*
Page 69 Manuscrit de *Sous le ciel de Paris*
Page 82 Mariage de Jean et Perla
Page 84 Partition de *Papa est un poète*
Page 87 Dessin de Jean Effel pour *La Chansonnette*
© Adagp, Paris, 2023
Page 89 Partition des *Tristes Banlieues*
Page 91 Lettre de Maurice Chevalier
Page 110 Jean Dréjac et Youri Gagarine
Page 126 Invitation pour une soirée chez Régine
Page 131 Coucher du soleil à Santorin
Page 142 Dernière page de l'agenda de Jean Dréjac
Page 145 Couverture d'un dossier de Jean Dréjac

Autres illustrations

Page 16 *Athena* © Acropolis Museum, Athènes, Grèce/ Bridgeman Images
Page 42 *Tête de l'Apollon sauroctone* © Musée Bénaki, Athènes, Grèce/ Legs de Spyros Charokopos/Bridgeman Images
Page 45 *Calice attique à figures rouges* du peintre Eucharidès © Louvre/Bridgeman Images

REMERCIEMENTS

Je remercie Philippe Loffredo pour sa collaboration précieuse, Anaïs Pournin pour sa relecture, Margaret Gray pour le graphisme, Nathalie Baravian et François Troller pour leur accompagnement auprès des médias.

Je n'oublie pas Jean-Marc Roberts, le premier éditeur de ce livre, Jacques Demarny et André Thomazo pour leurs confidences, et Paul-Alain Léonard qui avait si bien conservé le manuscrit de *Sous le ciel de Paris*.

Merci à tous les éclaireurs de la pensée grecque qui m'ont accompagné durant l'écriture.

DU MÊME AUTEUR

Perla, Stock, 2007 – Poesis, 2020
Le Roman de Jean, Stock, 2008
Une prière pour Nacha, Stock, 2010
Novalis et l'âme poétique du monde, Poesis, 2015

PARUTIONS

Novalis et l'âme poétique du monde, Frédéric Brun, 2015
Poésie, réel absolu, Novalis, 2015
Habiter poétiquement le monde, anthologie-manifeste, 2016, 2020
Qu'est-ce que le poétique ?, Jean Onimus, 2017
Un petit monde, un monde parfait, Marco Martella, 2018
Le Plâtrier siffleur, Christian Bobin, 2018
La Beauté, choix de textes Frédéric Brun, 2019
La Vénus encordée, Carles Diaz, 2019
Ce que dit le Nuage, Enza Palamara, 2020
Perla, Frédéric Brun, 2020
La poésie de la terre ne meurt jamais, John Keats, 2021
L'Arbre face au monde, Carles Diaz, 2022
Le Mouvement géopoétique, Kenneth White, 2023

www.poesis-editions.fr

CET OUVRAGE A ÉTÉ ACHEVÉ D'IMPRIMER EN MARS 2023
SUR LES PRESSES DE NORMANDIE ROTO IMPRESSION S.A.S.
N° D'IMPRESSION : 2301468
IL A ÉTÉ CONÇU ET COMPOSÉ PAR MARGARET GRAY
EN TYPOGRAPHIE PARADOX DE LA DUTCH TYPE LIBRARY,
DESSINÉ PAR GERARD UNGER EN 1999 ET IMPRIMÉ
SUR LES PAPIERS MUNKEN PRINT CREAM 80GR
ET MUNKEN LYNX 300GR.
IMPRIMÉ EN FRANCE